KB069468

김종철 시인의 작품 세계 03

못을 통한 존재 탐구의 긴 여정

김 종 철
시 인 의
작품 세계
03

못을 통한 존재 탐구의 긴 여정

이숭원

문학수첩

김종철 시인의 작품 세계
발간에 즈음하여

김종철 시인이 우리 곁을 떠난 지 이제 6년이 되었다. 그럼에도 그가 여전히 우리 곁에 있다는 느낌을, 우리와 함께 호흡하고 있다는 느낌을 떨칠 수 없다. 이는 우리 곁에 그의 시가 있기 때문이다. 김종철 시인은 우리네 평범한 사람들이 삶을 살아가는 동안 마주해야 하는 아픔과 슬픔을, 기쁨과 즐거움을, 부끄러움과 깨달음을 특유의 따뜻하고 살아 있는 시어로 노래함으로써 시의 본질을 구현한 시인으로, 우리 곁을 떠났지만 그는 시를 통해 여전히 우리 곁에 머물러 있는 것이다.

하지만 그가 우리 곁을 떠났다는 엄연한 사실을 어찌 끝까지 외면할 수 있으랴. 이를 외면할 수 없기에 그와 가깝게 지내던 몇몇 사람이 모여 '김종철 시인 기념 사업회'를 결성했고, 시인의 살아생전 창작 활동과 관련하여 나름의 정리 작업을 시도하자는 데 뜻을 모은 것이 오래전이다. 네 해 전에 가족의 도움을 받아 이숭원 교수가 주관하여 출간한 『김종철 시 전집』(문학수첩, 2016)은 그와 같은 작업의 결실 가운데 하나다.

김종철 시인 기념 사업회는 여기서 그치지 않고 시인의 작품 세계에 대한 이제까지의 논의를 정리하는 작업과 함께 새로운 논의를 촉진하기 위한 시도를 병행하기로 뜻을 모았다. 그러한 작업의 일환으로 우선 이제까지 이어져 온 김종철 시인의 작품 세계에 대한 논의를 정리하여 매년 한 권씩 소책자 형태로 발간하기로 했다. 그리고 그런 작업의 첫 결실로 앞세우고자 하는 것이 김종철 시인과 둘도 없는 친구 사이였던 김재홍 교수의 김종철 시인 작품론 모음집인 『못의 사제, 김종철 시인』이다.

김종철 시인의 작품 세계 발간 작업은 매년 시인의 기일에 맞춰 한 권씩 발간하는 형태로 진행될 것이다. 가능하면 발간 사업의 첫 작품인 김재홍 교수의 평론집과 같이 논자별로 논의를 모으는 형태로 이루어질 것이며, 필요에 따라 여러 논객의 글을 하나로 묶는 형태로도 진행될 것이다. 아울러, 새로운 비평적 안목을 통해 새롭게 시인의 작품을 읽고 평하는 작업을 장려하는 일에도 최선을 다할 것이며, 이 같은 일이 결실을 맺을 때마다 이번에 시작하는 시리즈 발간 작업을 통해 선보이고자 한다.

많은 분들의 애정 어린 관심과 질책과 지도를 온 마음으로 기대한다.

2020년 5월 말 그 하루 무덥던 날에
김종철 기념 사업회의 이름으로
장경렬 씀

김종철 시의 올바른 평가를 위하여

김종철 시인의 시를 다시 읽고 시 세계에 관한 글을 쓰는 일은 편치가 않다. 그와 함께 보낸 세월의 조각들이 선명하게 밀려들기 때문이다. 그만큼 그는 타인의 의식에 강렬한 자취를 남겼고 인간적 밀도가 높은 삶을 살았다. 생각해 보니, 지금 이 글을 쓰는 내 나이에 그가 세상을 떠났다. 너무 일찍 세상을 떠났음을 새삼 느낀다. 떠난 지 만 8년이 되었는데 그에 대한 기억은 여전히 생생하고 그의 시는 읽을수록 새롭다. 나는 이 책에서 그의 시가 안겨준 새로움이 무엇인가를 주로 밝히려 했다. 이 작업이 계기가 되어 그의 시를 제대로 평가할 수 있는 기틀이 마련되기를 바란다.

1968년 『한국일보』 신춘문예 당선작 「재봉」은 김종철 시인의 조숙한 재능을 보여주는 특별한 작품이다. 당시 시적 상황을 둘러볼 때 「재봉」만큼 순정한 서정시는 찾기 어렵다. 해방 후에 태어나 한국사의 가장 어려운 시기를 거쳐 성장한 청년 시인이 이렇게 정밀한 아름다움을 난숙한 언어로 표현한 예는 드문 일이다. 등단작과 유사한 성격의 작품이 두 달 후에 발표한 「초청」인데, 이 시의 서정적 밀도도 매우 높다. 그의 초기작 두 편은 경건한 아름다움과 신비롭고 애잔한 이미지가 특징을 이룬다. 가혹한 청년기의 고초를 아름답고 정결한 이미지로 극복하여 당시 유례를 찾기 힘든 고상한 언어로 표현한 성취는 분명 독창적이고 경이로운 것이었다. 이 점을 특별히 강조하고 싶다.

1975년 5월에 간행된 첫 시집 『서울의 유서』에는 당시의 암울한 시대 상황을 비판한 저항 시편이 다수 포함되어 있다. 이 시편들은 그의 등단작과는 매우 이질적인 성향을 보인다. 그런 점에서 이 시집은 현실 비판 참여시의 선두에 선 작품집이라고 말할 수 있다. 그뿐 아니라 이 시집에는 베트남 참전 체험이 투영된 개성적인 작품도 실려 있다. 당시 상황에서 베트남 전쟁의 비인간성을 고발한 작품이 창작된 예는 아주 드물다. 그런 점에서 그의 시는 베트남 참전 시의 선구적인 자리에 놓인다고 평가할 수 있으며, 베트남 참전 시가 갖는 의의도 새롭게 구명되어야 할 것이다.

김종철 시인은 네 번째 시집 『못에 관한 명상』(1992)으로 부터 그의 시적 주제를 '못'으로 상징화하여 집중적인 탐구를 시작했다. '못'을 중심으로 한 일련의 작품을 관류하는 경향은 자신의 실체를 파악하려는 탐구의 자세다. 그는 자신의 실존을 형성하는 주변의 관계와 자신의 위상과 앞으로의 지향 등 모든 것을 관찰하고 사유한다. 자신의 실체를 조망하는 노력은 인간에 대한 성찰로 이어지고 그것은 다시 인간들이 살아가는 세계에 대한 탐구로 확장된다. 이러한 작업을 통해 김종철 시인은 자신의 실존 세계를 바라보는 독특한 시선을 획득했으며, 생명이 소진되는 날까지 탐구의 행보를 멈추지 않았다.

그는 나이 오십이 되어 육체의 전환기를 맞자 세속의 성性과 종교적 깨달음이라는 두 가지 상반된 과제를 시의 주제로 삼아 새로운 탐구를 벌였다. 중국의 고전적 성 교본서인 『소녀경』과 '등신불' 설화에서 모티프를 취하여 인간의 실존적 양상을 다각적으로 조명했다. 특히 현실과 초월의 차이를 염두에 두고 깨달음이란 무엇인가를 깊이 사색했다. 깨달음이라는 종교적 신성의 세계를 이야기하면서도 시인은 의도적으로 거룩한 것에 대한 기성의 관념을 타파하고 조롱하는 태도를 보였다. 간결한 경구의 형식을 빌려 아무렇지 않은 듯 표현한 시행에 수행의 높은 경지를 담아내기도 했다. 그는 기존 관념에 얽매이지 않은 날것 그대로의 진실을 찾아내고자 한 것인데 이러한 화법도 한국시사의 새로운 시도로 평가할 만하다.

일곱 번째 시집 『못의 사회학』(2013)은 아주 중요한 시집이다. 그의 과거의 시작을 종합하면서 다양한 주제를 새롭게 열어 놓았기 때문이다. 그의 시집 중 가장 다양한 흐름을 보인 시집이라고 할 수 있다. 이 시집에 이르러 그의 존재 탐구는 죽음과 관련을 맺기 시작한다. 그의 이른 죽음을 예감한 것 같은 죽음 탐구 시편은 죽음을 정시함으로써 삶의 존재성을 새롭게 파악하려 한 작업이다. 그는 죽음이라는 관념에서 탈피하여 죽음을 삶의 일부로 수용하려 한다. 그의 평생의 과업인 존재 탐구는 다양한 시공의 파노라마를 펼쳐 보이며 생의 극점을 향해 나아갔다.

그의 투병 시편과 말년의 시편은 읽는 이의 마음을 아프게 하면서도 깊은 감동을 준다. 죽음을 선고받고 마지막 벼랑에 서면 가슴을 울리는 명구들이 창조되는 것일까? 장기간에 걸친 '못'의 탐구와 '등신불'을 위시한 종교적 사유의 천착이 이러한 정신의 경지로 승화되었을 것이다. 이것을 하나의 문학사적 사실로 확인하는 것은 즐거운 일이다. 생의 마지막 순간까지 변함없이 시인의 자리를 지키며 생의 절망을 시의 절정으로 치환했다는 사실만으로도 그는 현대시사의 특별한 자리에 오를 만하다. 이것은 그가 생의 중반 이후 지속적으로 존재론적 탐구에 전념했기에 이룩된 것이다. 그의 독특한 체험이 표현된 말년의 작품들은 인간에게 시가 무엇인가를 새롭게 깨닫게 한다는 점에서도 특별하게 기록될 만하다.

시인은 작은딸에게 시집의 편집 작업을 맡기며 그 서문에 자기 작품에 대한 용서와 망각을 주문했다. 나는 이 말에 시인의 겸허가 있고 죽음을 앞둔 존재자의 형이상학이 담겨 있다고 생각한다. 구약 『전도서』에 수없이 반복되는 "헛되고 헛되도다"라는 말의 진정한 뜻을 그는 간파한 것이다. 세상의 헛됨을 제대로 아는 사람은 주님의 복음을 진정으로 영접한 사람이다. 세상의 헛됨을 알았기에 그의 시의 진실은 영원히 지속될 수 있다. 김종철이라는 사회적 존재는 망각되지만, 그가 남긴 시는 헛되고 헛된 세상에 진실의 등불로 그 빛을 유지할 수 있다. 이 헛됨의 깨달음은 우연히 온 것이 아니다. 수십 년에 걸친 존재 탐구의 여정에서 이룩되었다. 이것이 김종철 시의 핵심이며 그의 시가 새롭게 평가되어야 할 이유임을 분명히 밝힌다.

　이 책은 과거 내가 쓴 김종철 관련 평문들을 대폭 수정해서 새롭게 엮은 것이다. 새로 쓴다는 기분으로 집필했지만, 기존에 썼던 내용을 수정한 것이기에 어떤 곳은 중복되는 부분이 있기도 하다. 동일한 대상을 다른 방향에서 논하다 보니 불가피하게 나타난 현상으로 이해해 주기를 바란다. 김종철 시인은 생전에 이런 지점을 상당히 날카롭게 지적했다. "이 교수, 왜 글을 이렇게 썼어?" 그의 억센 경상도 억양이 어디선가 들리는 것 같다. 그래도 이 책을 완성하여 내가 진 빚의 작은 부분이라도 덜게 된 것은 다행한 일이다. 이런 기회를 준 김종철 시인에게 감사하고, 출판과 편집에 실제적인 도움을 준 ㈜문학수첩 강봉자 대표와 김상진 편집부장에게 깊은 감사의 마음을 전한다.

2022년 5월
이숭원(李崇源)

목차

김종철 시인의 작품 세계 발간에 즈음하여_장경렬 … 5
머리말: 김종철 시의 올바른 평가를 위하여 … 8

　내가 만난 김종철 시인
　김종철 시인과의 인연 … 17

　제1시집 『서울의 유서』
　조숙한 청년 시인의 탄생 … 29

　제2시집 『오이도』와 제3시집 『오늘이 그날이다』
　새로운 형식 탐구와 모색의 과정 … 62

　제4시집 『못에 관한 명상』과 제5시집 『등신불 시편』
　'못'의 시와 존재 탐구의 길 … 96

　제6시집 『못의 귀향』
　존재 탐구의 다양한 층위 … 141

　제7시집 『못의 사회학』
　존재의 전환을 위하여 … 168

　제8시집 『절두산 부활의 집』
　생의 종말, 혹은 부활 … 193

김종철 시인 연보 … 227

김종철 시인과의 인연

1. 첫 만남

1991년 8월 1일 이른 아침 서울의 남부 터미널에서 김종철 시인을 처음 보았다. 계간 『시와 시학』에서 주관하는 시인학교 행사에 참여하기 위해 배정된 버스 안에 앉아 있었다. 행사 장소는 경상남도 충무(현 통영시)였다. 그곳으로 가는 버스가 무슨 이유에서인지 출발이 늦어졌다. 날은 무더웠고 버스는 만원이었다. 『시와 시학』이 1991년 3월 봄 호로 창간되었으니 처음 준비한 행사였다. 실무를 맡은 집행 요원들은 경험이 없어서인지 상황을 수습하지 못했다. 솟아오르는 짜증을 누르고만 있을 때 강한 경상도 억양의 음성이 귀를 울렸

17

다. "왜 이래? '시와 시학' 머리 좋은 사람들이. 빨리 할 수 있잖아?" 나는 직감적으로 그 사람이 머리가 좋은 사람이라고 느꼈다. 본인이 머리가 좋지 않으면 그런 말을 하지 않는 법이기 때문이다. 창밖을 보니 검은 머리가 귀를 덮고 갈색 낯빛에 눈매가 날카로운 40대의 인물이 서 있었다. 일찍이 신춘문예로 두 번 등단하고 세 권의 시집을 낸 김종철 시인이라고 누군가가 귀띔해 주었다. 시를 읽고 생각했던 시인의 이미지와는 조금 다른 모습에 잠시 당혹감을 느꼈다. 김종철 시인의 적극적인 개입 덕분인지 버스가 곧 출발했다.

버스 정류장에서 본 그의 인상은 날카로워 보였으나 충무에 도착해서 말을 나누어 보니 아주 화통한 사람이었다. 말을 튼 다음에는 그의 특유의 친화력에 흡입되어 4박 5일 동안 형제처럼 지냈다. 그는 대단한 입심과 유머 감각을 지니고 있어서 끊임없이 폭소를 자아내게 했다. 수시로 술을 먹고 웃고 이야기하며 문인들 사이를 오갔다. 술과 안주를 장만하여 바다를 항해하다가 취중에 폭우가 쏟아져 두려움에 떨기도 하고, 작취미성의 상태로 시내의 새벽 목욕탕에 몸을 담그기도 했다.

서울에 와서도 즐거운 모임은 이어졌다. 얼마쯤 시간이 지나자 출판사 '문학수첩'을 열었다는 소식이 전해 왔다. 거기서 『걸리버 여행기』를 완역본으로 내고 서정윤의 시집을 새로 냈다. 짭짤한 수입을 올린다고 즐거워했다. 나도 신이 났다. 그와 어울려 즐겁게 술을 먹고 노래를 불렀다. 그는 해리 벨라폰테Harry Belafonte가 부른 '하바 나길라Hava Nagila'라든가 '쿠쿠루쿠쿠 팔로마Cucurucucu Paloma'를 놀랍게도 원어로 불렀는데, 고음도 무리 없이 소화했다. 매혹의 저음 가수 오기택이 부른 '우중의 여인'도 아주 잘 불렀다. 그 노래와 코드가 맞는 모양이었다. '우중의 여인'을 그렇게 잘 소화하는 사람은 지금까지 본 적이 없다.

2. 유럽 여행과 그 이후

그렇게 몇 년이 지난 후 1997년 여름 유럽 문화 여행에 동행하게 되었다. 근 2주 동안 우리는 룸메이트로 한방을 쓰면서 한 번도 다투지 않았고 오히려 서로를 치켜세우며 우애를 다졌다. 파리에 도착한 첫날 밤 시차에 적응도 못 했는데, 그는 내게 어디 좀 같이 가자고 했다. 파리에서 작은 모텔을 운영하는 한국인 교포를 만나러 가자는 얘기였다. 당시 홍세화의 『나는 파리의 택시 운전사』라는 책이 베스트셀러가 되어 인기가 있었다. 홍세화의 책처럼 한국 독자들의 구미를 당길

애깃거리를 갖고 있는지 그 교포를 만나서 알아보겠다는 것이다.

택시 기사에게 모텔 명함을 내밀고 엉터리 프랑스어로 그곳에 가자고 했다. 미리 약속이 되어 있었는지 모텔 주인이 기다리고 있었다. 두 사람이 자못 재미있게 이야기를 나누었지만, 거기 관심이 없는 나는 피로가 몰려들어 눈꺼풀이 덮였다. 그도 분명 나와 같은 처지일 텐데 유머와 달변은 조금도 수그러들지 않았다. 깜빡 졸고 있다가 그가 농담을 하고 웃으면 나도 고개를 들고 따라 웃었다. 그는 내 행동을 단번에 알아채고 "이 교수는 재주가 좋아. 자면서도 내 얘기를 듣고 펄떡 깨서 웃으니 말이야" 하며 특유의 너털웃음을 보였다.

돌아오는 택시에서 그는 곯아떨어졌다. 출판 정보를 얻기 위해 초인적 의지로 대화를 나누었지만 피곤하기는 그도 마찬가지였던 것이다. 의지로 졸음을 이겨내고 모텔 주인과 즐겁게 대화를 나눈 것이다. 나는 거기서 자기 일에 철저한 그의 또 다른 모습을 발견했다. 『걸리버 여행기』의 성공이 우연이 아님을 깨닫는 순간이었다.

숙소에 도착할 즈음 그를 깨웠다. 택시 미터기의 요금이 갈 때보다 훨씬 많이 나왔다. 그는 우리가 외국인이라 일부러 멀리 돌아와서 요금이 많이 나온 것이라고 했다. 요금을 지불하고 택시에서 내리면서 나는 배운 대로 기사에게 "메르시 보꾸"라고 했는데, 그는 "야, 이 씨발놈아"라고 했다. 멀리 돌아서 택시비를 많이 나오게 한 데 대한 유머러스한 보복이었다. 여독의 끝판에서도 유머를 잃지 않는 그가 존경스러웠다.

며칠 후 술을 많이 먹고 잠든 다음 날 아침에 그는 샤워를 하면서 "은경아"라고 크게 외쳤다. 그게 무슨 소리냐고 묻자 술이 잘 안 깨는 아침에 맏딸 이름을 부르면 기운이 솟고 삶의 의욕이 생기며 정신이 난다고 대답했다. 은경이는 1993년에 김종철 시인이 편운문학상을 받았을 때 집에 놀러 가서 보았던 그의 맏딸이다. 아쟁을 연주하며 서도창을 구성지게 불렀던 인상적인 소녀였다. 나도 김종철 시인의 행동을 본받아 샤워를 하며 내 아들 이름 문기를 힘차게 외쳤다.

유럽 여행을 다녀온 후 우리는 누군가의 소개를 받아 진선한의원이라는 곳에 들렀다. 한의원 원장이 진맥을 잘하고 침을 잘 놓는다고 했다. 청마의 제자로 한때 시인이었는데, 지금은 한의학에 몰두한다고 했다. 진찰할 때 사주에 의해 체질 진단도 하고 명운도 보았던 것 같은데 천기를 누설하지 않는다는 원칙을 지키느라고 그런지 내용은 제대로 얘기해 주지 않았다. 나에 대해서는 그리 칭찬을 하지 않았지만, 김종철 시인에 대해서는 늘 "김 장군"이라고 호칭하며 앞으로

크게 될 것이라고 말했다. 그때 문학수첩은 몇 권의 히트작
이 나오기는 했지만 그렇게 잘나가는 출판사가 아니었다. 현
직 교수인 나보다 입만 열면 농담을 하는 김 시인을 어째서
장군이라고 부르는지 이해가 되지 않았다. 나중에 『해리 포
터』 시리즈가 히트하는 걸 보고 그분의 식견이 보통이 아님
을 알게 되었다.

　1999년 『해리 포터』가 대박을 친 이후 김종철 시인은 승승
장구의 길을 걸었다. 김 시인은 인터넷에서 조앤 롤링을 찾
아낸 사람이 맏딸 김은경이라고 했다. 나는 그 이야기를 듣
고 유럽 여행 중 샤워 부스에서 은경이를 소리쳐 부른 보람
이 크게 나타났구나 하고 혼자 생각했다. 그리고 1991년 경
상도 억양의 외침 소리를 듣고 머리가 좋을 것으로 생각했던
나의 예측이 빗나가지 않았음에 홀로 즐거워했다. 그 후 그
를 만날 때 약속 장소가 인사동 주막집에서 메리어트 호텔로
바뀌었을 뿐 재담과 달변은 변함이 없었다.

　그가 운영하는 문학수첩에서 좋은 평론집을 여러 권 냈기
에 나도 원고가 준비되었을 때 그를 만났다. 2006년 3월 봄
볕이 스며드는 날이었다. 평론집을 내고 싶다고 하자 흔쾌히
응해 주었다. 가능하면 빨리 출간하고 싶다고 하자 조금 망
설이는 듯했다. 이미 정해진 출판 계획이 잡혀 있었을 것이

다. 그는 단도직입적으로 물었다. "빨리 내야 할 이유라도 있어요?" 나는 더듬으며 우물쭈물 대답했다. "글쎄, 어떻게 될지는 모르지만, 문학상 심사가 상반기 출판물을 대상으로 하는 것이 있어서, 김환태평론상이 그렇고, 하반기보다는 상반기가 여러모로……" 내 우물거리는 태도가 답답했던지 그는 단칼에 잘라 말했다. "그럼 빨리 내도록 하지 뭐." 그는 일어서며 저녁을 먹으러 가자고 했다. 구체적인 얘기를 더 해야 일이 진행될 것 같은데 얘기가 다 끝났다는 듯 자리를 털고 일어서니 당황스러웠지만 어쩔 수가 없었다. 예전처럼 저녁을 먹고 술을 마시고 농담을 하고 헤어졌다.

집에 돌아와 아내에게 말했다. 책을 내겠다고는 했는데 구체적인 계획은 말하지 않고 밥만 먹고 헤어졌으니 정말 진행을 하는 것인지 모르겠다고. 현명한 아내가 말했다. "대형 출판사를 운영하는 사람은 말을 함부로 하지 않아요. 틀림없이 낼 거예요." 며칠 후 편집장으로 있는 김병호 시인에게 전화를 했다. 그의 말인즉슨 내가 그를 만난 다음 날 편집회의에서 내 평론집을 우선적으로 추진하자고 얘기했다는 것이다. 나에게는 별 내색을 하지 않았지만 그의 내심은 이미 결정되어 있었던 것이다.

3월에 맡긴 원고가 책으로 나온 날짜가 4월 28일이다. 깔

끔한 모양으로 출판되었는데, 그는 어떤 공치사도 받지 않았다. 그냥 할 일을 했을 뿐이라는 태도였다. 이 책은 두 달 후 문화관광부 우수학술도서로 선정되었고, 그해 김환태평론문학상 수상작이 되었고, 그다음 해 불교문학상 수상작이 되었다. 나는 이 모든 것이 김종철 시인 덕분이라고 지금도 생각하고 있다. 그때 그에게 고마운 마음을 표현하려고 운을 띄웠을 때, 그는 내 말을 자르고 짧게 한마디 말만 했다. "한 책으로 상을 두 번 받는 사람도 있어?" 나에 대한 애정이 듬뿍 담긴 말이었다. 그 말이 지금도 잊히지 않고 그 말만 떠올리면 가슴이 멘다.

3. 작별

2013년 여름이 지난 후 그가 중병이 들었다는 소식이 들려왔다. '김 장군'이라는 호칭으로 불리던 그가 중병이 들어 재기가 어렵다는 말이 영 믿기지 않았다. 다시 몇 달이 지나자 그가 일본에 가서 최신 요법의 치료를 받고 건강한 몸으로 돌아왔다는 소식이 또 들려왔다. 기적처럼 돌아온 김 장군의 모습을 메리어트 호텔 커피숍에서 다시 볼 수 있었다. 호쾌한 김 장군의 귀환에 나는 감동하고 또 전율했다. 그는 『시인동네』에 발표될 자신의 신작시에 대한 해설을 부탁하기까지 했다. 원고 청탁받기 얼마 전『현대문학』12월 호에 실린 그의 육필 시를 이미 접한 터였다.

애월아, 하면
달로 뜬 애월
물고기 풍경에 이우는 애월
젖고 또 젖으며 기다린
모두가 파도가 되어 버린
먼 훗날,
수줍게 고개 숙인 너는 떠나고
기차를 기다린다
기적을 울리는 바다를 기다린다
일생에 단 한 번
차표를 끊는 바다 기차역
나의 애월은,

—「애월」 전문[1]

이 육필 시는 언제 쓴 것인지는 알 수 없으나 귀국 이전에 출판사에 넘겼을 것이니 투병 생활 전후의 작품으로 짐작된다. 나는 이 작품을 여러 번 읽으며 "일생에 단 한 번 / 차표를 끊는" "나의 애월"의 의미를 곱씹어 보았다. 제주 바닷가의 명승지 애월涯月. 물가의 달이라는 뜻의 지명은 아름다우면서도 어딘지 슬픈 음영을 지니고 있다. 그곳으로 가는 차표는 일생에 단 한 번 끊는 것이라고 했다. 그리고 "기적을 울리는 바다를 기다리다" 비로소 차표를 끊는 곳이라고 했다. 젖고 젖으며 기다리다 모두가 파도가 되어 버린 먼 훗날 가게 될 그곳이 애월이다. 시인이 노래한 이 장소는 분명 쉽게 가지 못하는 피안彼岸의 세계다. 나는 그래서 이 시를 투병 생활기의 작품으로 이해했다. 우리가 일생에 딱 한 번 가게 될 애월이 이토록 신비롭고 아름다운 슬픔의 장소였던가? 시인은 죽음의 행로를 그렇게 상상한 것이다. 나는 이 시를 읽고 그와의 추억을 떠올리며 젖은 가슴을 쓸어내렸다.[1]

병마에서 벗어났다고 생각한 그는 2014년 한국시인협회 회장을 맡아 활발한 활동을 벌이고 작품도 많이 발표했다. 한국과 이란 시인의 교류를 위한 국제 행사도 주선하여 시인

---

[1] 유고 시집 『절두산 부활의 집』(문학세계사, 2014. 10.)에 이 시의 끝부분이 "차표로 끊는 바다 기차역 / 나는 애월은,"으로 되어 있고, 기존 시집의 작품을 그대로 수록한 『김종철 시 전집』(문학수첩, 2016. 7.)에도 이 형태로 수록되어 있다. 문맥으로 보면, 『현대문학』(2013. 12.)의 최초 발표 형태가 당연히 옳은 것이다. 『김종철 시 전집』 편찬을 맡은 사람으로서 이 부분을 수정했어야 했는데, 간과한 것이 통탄스럽다. 이 책에 인용한 모든 작품이 『김종철 시 전집』의 표기를 따랐지만, 이 작품만은 첫 발표작 형태로 인용하여 나의 불민함에 용서를 구하고자 한다.

이 아닌 나도 이란 여행에 참여하도록 이끌었다. 그뿐 아니라 몇 번의 만류에도 불구하고 내 여비를 본인이 부담했다. 나는 과거의 유럽 여행을 떠올리며 그와 다시 이란을 여행하게 된 사실에 야릇한 흥분을 느꼈다. 그러나 6월 15일에 떠나는 여행에 그는 동행하지 못했다. 출발 일주일 전 가진 결단식 모임에 늦게 참석한 그는 동행하지 못하여 미안하다고 했다. 착잡한 눈빛으로 나를 보며 악수만 나누었다. 악수하는 손길이 서늘했고 그는 웃음을 보이지 못했다. 돌아오는 길에 친지에게 들으니 귀국 후 몇 달이 흐르는 동안 다시 병세가 깊어졌다고 했다. 이란에서 돌아온 얼마 후 그가 호스피스 병동에 입원해 있다는 말이 들렸고 7월 5일 그가 세상을 떠났다는 전갈이 왔다. 출국 전 모임에서 내 손을 잡으며 잘다녀오라고 하던 그의 착잡한 눈빛이 떠올랐다. 그는 나에게 작별 인사를 하였던 것인가? 나는 망연자실 넋을 놓고 빈 하늘만 바라보았다.

그는 마지막 차표를 끊어 천상의 언덕으로 갔고 우리도 언젠가는 그곳으로 가는 차표를 끊게 될 것이다. 저세상에 가서 그를 만난다면 무슨 말부터 해야 할까. 기발한 농담으로 그를 웃기고 싶은데, 그는 영락없이 이렇게 말해 내 기를 죽일 것이다. "이 교수는 왜 그렇게 농담을 못해?" 직선적으로 그런 말을 하는 사람을 금생에 다시 볼 수 없을 것이다. 깊고 섬세한 애정을 화통한 웃음으로 표현하던 그의 모습이 책 속에 흑백사진으로 남아 있다. 이제 나는 그의 시집을 다시 읽으며 그에 대한 글을 써야 한다. 때로 가슴이 에여 눈물이 솟아나겠지만 글을 써서 기록으로 남긴다는 의무에 충실하고자 한다.

조숙한 청년 시인의 탄생

1. 경건한 아름다움

1968년 『한국일보』 신춘문예 당선작 「재봉」은 김종철 시인의 조숙한 상상력의 일단을 잘 보여주는 작품이다. 이때 그는 스물한 살의 문학청년으로 온몸이 터져 나갈 정도의 젊음을 누리고 있던 시절인데, 천연덕스럽게도 난동暖冬의 빨간 열매가 수실로 뜨이는 겨울날 아내의 재봉 일을 엿듣고 있다고 했으며, 회잉懷孕의 고요 안에 아직 태어나지 않은 알몸의 아이들이 눈부신 장밋빛 몸을 굴리며 노래하는 것을 그려냈으니, 이 어찌 조숙한 천재의 등장이라고 하지 않을 수 있겠는가? 어떤 사람은 이 시를 읽고, 결혼하여 임신 중인 아내가 있는 나이 든 사람의 작품일 것이라고 했고, 상당히 오랜 습작 과정을 거친 중후한 문사의 작품일 것이라 짐작했으나, 정작 시상식장에 나타난 사람은 부산 사투리를 억세게 쓰고 머리와 얼굴이 온통 까만 앳된 청년이었다.

어느 문인에게나 처녀작은 그의 전 창작 과정을 조율하는 주도적 지표로 작용한다. 시간의 흐름에 따라 창작의 경향이 바뀌더라도 처녀작이나 초기작은 창작의 방향을 선도하고 견인하는 회귀적 단위가 된다. 그런 의미에서 김종철 시인의 등단작 「재봉」을 깊이 음미할 필요가 있다. 이 시에는 경건한 아름다움이 있다. 나는 이 글에서 그 경건한 아름다움의 기원과 그것의 고유한 특성을 살펴보려 한다. 이 첫 작품에서 김종철 시인이 진정으로 바라고 소망하고 사랑했던 것이 무엇인가를 찾으려 한다. 그가 시를 통해 추구하고 이루려고 한 바가 무엇인지를 상상해 보려 한다. 떠난 자는 말이 없으나 그가 남긴 시들이 끝없이 이야기를 건넨다. 인간이 이룬 일 중에 영원한 것은 없지만 그래도 문학이 시공을 초월하여 그 외침과 울림을 오래 전한다고 한다. 그의 첫 작품을 정성껏 읽으면 그것이 선연善緣이 되어 내세의 어디선가 그를 또 만날 수 있을 것 같다.

유년기에 부산에 새까맣게 몰려든 피난민들을 구경하고

초등학교 2학년 때 갑자기 부친을 여읜, 조숙하고 예민한 소년 김종철은 중학교 2학년 때 가톨릭에 입교하여 영세를 받았다. 세례명 아우구스티노는 빈한한 처지에 놓인 그의 공허한 마음을 달래주는 든든한 조력자의 역할을 했을 것이다. 그때 이후 글쓰기에 재능을 보여 부산 경남 일대의 백일장을 석권했다. 그가 보인 문학적 재능과 종교적 신앙심은 초장동 산동네의 남루한 삶의 그늘을 가려주고 그의 정신을 성장시키는 동력이 되었을 것이다. 특히 문학 창작 능력은 가난 속에 그의 학업을 계속하게 해준 유력한 자원이기도 했다.

그의 모친이 그를 임신했을 때 아이를 떼려고 진한 조선간장을 몇 사발이나 들이켰던 것은 가난 때문이었다. 그런 형편이니 문예장학생으로 고등학교에 진학하지 않았다면 학업을 지속하기 어려웠을 것이다. 그의 대학 진학도 문학적 재능 때문에 가능했다. 1968년 『한국일보』 신춘문예에 「재봉」이 당선됨으로써 서라벌예술대학에 문예장학특대생으로 입학할 수 있었다. 당시의 상황을 훗날 「복되도다」(『못의 귀향』 수록)라는 작품으로 재구성했다. 신춘문예에 당선된 해 음력 정월 초하룻날 서정주 선생 댁에 세배 갔다가 선생이 전화로 김동리에게 추천해 주어 장학생으로 입학하게 된 사연을 시로 쓴 것이다. 그로부터 2년 뒤인 1970년 가명으로 서울신문 신춘문예에 다시 응모하여 당선된 것도 그와 유사한 사정이 있었을 것이다. 심사위원인 박목월, 박남수 시인이 새로운 신인 기용을 막는 일이라고 자진 취소를 강력히 종용했지만 그는 듣지 않았다고 한다. 그에게 절박한 생활 문제가 도사리고 있었을 것이다.

여하튼 그의 시 「재봉」은 청년 김종철을 시인으로 정립시킨 기념비적인 작품이자 그가 지향하는 내면의 이상이 무엇인가를 세상에 알린 작품이다. 가난하고 힘든 소년기를 거쳐 역시 가난하고 지친 청년기를 버텨가고 있었을 시인 지망생이 어떻게 이렇게 순정한 상상력을 펼쳐 냈는지 자못 궁금하고 경탄스럽기까지 하다. 해방 후에 태어나 한국사의 가장 어려운 시기를 거쳐 성장한 청년 시인은 경건한 아름다움이 착색된 몽환의 풍경을 난숙한 언어로 표현했다.

사시사철 눈 오는 겨울의 은은한 베틀 소리가 들리는
아내의 나라에는
집집마다 아직 태어나지 않은 마을의 하늘과 아이들이
쉬고 있다
마른 가지의 난동暖冬의 빨간 열매가 수실로 뜨이는
눈 나린 이 겨울날

나무들은 신의 아내들이 짠 은빛의 털옷을 입고

저마다 깊은 내부의 겨울 바다로 한없이 잦아들고

아내가 뜨는 바늘귀의 고요의 가봉假縫,

털실을 잣는 아내의 손은

천사에게 주문받은 아이들의 전 생애의 옷을 짜고 있다

설레이는 신의 겨울,

그 길고 먼 복도를 지내 나와

사시사철 눈 오는 겨울의 은은한 베틀 소리가 들리는

아내의 나라,

아내가 소요하는 회잉懷孕의 고요 안에

아직 풀지 않은 올의 하늘을 안고

눈부신 장미의 아이들이 노래하고 있다

아직 우리가 눈뜨지 않고 지내며

어머니의 나라에서 누워 듣던 우레가

지금 새로 우리를 설레게 하고 있다

눈이 와서 나무들마저 의식儀式의 옷을 입고

축복받는 날

아이들이 지껄이는 미래의 낱말들이

살아서 부활하는 직조織造의 방에 누워

내 동상凍傷의 귀는 영원한 꿈의 재단,

이 겨울날 조요로운 아내의 재봉 일을 엿듣고 있다

—「재봉」 전문[2]

　「재봉」의 첫 구절에는 사람들을 끌어들이는 시적 전략이
도사리고 있다. 시를 모르는 사람들은, "사시사철 눈 오는 겨
울"이라는 구절을 두고 어떻게 겨울에 사시사철 눈이 오느냐
고 의아해한다. 그러나 '사시사철'은 다음에 나오는 '들리는'
을 수식하는 말이다. 즉 아내의 나라에는 '눈 오는 겨울의 은
은한 베틀 소리가' 사시사철 들린다는 뜻이다. 도시에서 태어
나 베틀 소리라고는 들어보지 못한 나도 이 장면이 매우 시
적인 울림을 자아낸다는 것은 감지할 수 있다. 여기서 베틀
소리는 눈 오는 겨울의 고요함에 파문을 일으키는 신비로운
음역을 형성한다. 이 청각 심상은 아내의 창조 작업인 재봉
과 연결되어 새로운 탄생을 기원하는 신비로운 분위기를 조
성한다. 그래서 시인은 '사시사철'을 '들리는' 앞에 놓지 않고
시행의 첫머리에 배치하여 미묘한 음감과 의미의 엇갈림이

2　이 책의 시 인용은 전부 『김종철 시 전집』(문학수첩, 2016. 7.)의 형태와 표기를 따른다.
　　이 전집은, 기존 시집의 작품을 현행 한글맞춤법에 따라 표기하되, 시인이 독특하게 사
　　용한 시어는 원본의 표기를 따르는 원칙을 지켜 수록했다. 또 시인이 생전에 수정해서
　　시 선집에 넣은 작품은 시인의 의도를 존중하여 시 선집의 작품으로 대체하여 수록했
　　다. 이런 점에서 이 전집은 김종철 시 작품의 정본이 수록된 작품집이라고 할 수 있다.
　　『김종철 시 전집』에서 작품을 인용하되 간혹 맞춤법에 어긋나게 표기된 부분은 필자가
　　임의로 수정하여 인용했다.

일어나도록 조직하였다. 이런 시적 전략에 의해 셋째 시행의 '태어나지 않은 마을'의 신비감이 자연스럽게 확보된다.

셋째 행의 첫 구 '집집마다'는 '사시사철'과 같은 기능을 한다. '사시사철'은 시간적 연속성을 나타내며, '집집마다'는 공간적 편재성을 나타낸다. 아내의 나라에는 눈 오는 겨울의 은은한 베틀 소리가 '언제나' 들리며, 아직 태어나지 않은 마을의 하늘과 아이들이 '어디서나' 쉬고 있는 것이다. '아직 태어나지 않은 아이들'이라고 하지 않고, '아직 태어나지 않은 마을의 하늘과 아이들'이라고 한 것도 의미의 파생을 염두에 둔 시적 전략이다. '마을의 하늘'이라는 말이 들어감으로써 공간적 신비감이 확대되며 태어날 아이들이 모두 저마다의 새로운 마을과 하늘을 누릴 것 같은 온화한 희망을 전달한다.

다음 단계에서 시행의 신비감은 더욱 고조되어 신화적 정결함으로 고양된다. 나무에 눈이 쌓여 희게 빛나는 모습을 "나무들은 신의 아내들이 짠 은빛의 털옷을 입고"로 표현했다. 베틀과 수실의 이미지가 결합하여 은빛 털옷으로 정착되고 그 털옷은 신의 아내들이 짠 것으로 변용되니 나무에 쌓인 백설에 신성한 기운이 스며든다. 아내들이 짜는 옷은 "천사에게 주문받은" "전 생애의 옷"으로 신성화된다. 이렇게 장면 하나하나가 신화적 이미지의 세례를 받아 정갈하고 고결한 상태로 조금씩 상승한다. 그러니 이 정경 전체가 "설레이는 신의 겨울"이 된다. 이 거룩하고 아름다운 공간이 부활의 공간이 된다는 점에서 상상력의 바탕에 성서적 경건함이 자리 잡고 있음을 인정하지 않을 수 없다. 모든 나무들이 눈에 덮여 축복의 예장을 갖춘 겨울날 멀리서 울리는 우레 소리를 들으며 천진한 미래의 낱말이 부활하는 소리를 아내의 재봉 일에서 미리 엿듣는다는 이 시의 마지막 장면은 순정한 시의 창조를 염원하는 시인의 절대적 경지를 상징하기도 한다.

이 등단작과 가장 유사한 성격의 작품이 「초청」이다. 이 시는 『한국일보』 1968년 2월 18일 자 지면에 발표되었다. 신춘문예에 당선한 시인에게 신작 원고 청탁을 하여 발표된 작품이었을 것이다. 「재봉」과 시차가 짧은 작품이라 그런지 두 작품의 어조와 정서가 자연스럽게 연결된다.

길고 어두운 내 겨울의 집을 방문해 주오.
한 마리 새도 울지 않은 이 설원에 오래전부터 눈 덮인 목책의
문을 열어 두었다오.
몇 번의 헛기침이 은세銀細의 뜰과 집 밖을 쓸어 모으고
당신을 맞을 한 잔의 차를 달이는

장미나무가 소리 내며 타고 있다오.

벽 틀에 내숙內宿하는 고요한 십삼 회기回忌의 아내의

외로운 그 겨울의 야반夜半이 늘 내려와 앉아

나의 젊은 사생활에 동결된 시간은

지난 사랑의 모음들을 흩날려 주고 있다오.

잠의 숲에 내린 눈 잎마다 쌓이는 푸른 달빛이

잠든 아내의 흰 이마에서 서러운 빛의 둘레로 가라앉을 때

내부를 밝히는 나의 가장 어두운 환상이

한겨울의 깨어 있는 신의 십이十二 음을 엿들으며

기다리고 있다오.

날마다 찾아오는 아내의 지환指環의 둘레 안에서

하얗게 시어 가는 눈머는 나의 겨울.

밤마다 메마른 골수에 감겨드는 차가운 소멸도

저 조그만 세상의 소요도

이젠 들리지 않는

눈 덮인 외로운 내 겨울의 집을 방문해 주오.

—「초청(招請)」 전문

이 시에 나오는 정서의 내밀성을 주목하기 바란다. "길고
어두운 내 겨울의 집"이라는 구절은 "사시사철 눈 오는 겨울

의 은은한 베틀 소리가 들리는"과 유사한 구조를 갖지만 의미는 다르다. 아내의 나라에 사시사철 눈 오는 겨울의 은은한 베틀 소리가 들리는 정황이 긍정적인 상태인 데 비해 이구절은 자신이 처한 겨울이 길고 어두운 상태임을 강조한다. "한 마리 새도 울지 않은 이 설원에 오래전부터 눈 덮인 목책의 문을 열어 두었다오."라는 구절은 다의적 해석의 가능성을 열어 두고 있다. 새 소리도 전혀 들리지 않는 적막한 설원인데 누군가를 맞이하려는 듯이 오래전부터 목책의 문을 열어 두었다고 했으니 적막과 기다림이 교차하는 의미의 미묘한 엇갈림을 드러낸다. 첫 행에 내 겨울의 집을 방문해 달라고 했으니 목책의 문을 열어 두었다는 말은 자연스러운 배치이지만, 길고 어두운 겨울의 집이라는 말과 한 마리 새도 울지 않는다는 극단적 절연의 이미지가 방문할 사람이 없으리라는 부정적 뉘앙스를 전달한다.

'은세銀細'라는 말은 일상에서 거의 쓰지 않는 말이다. 은으로 세공한 정교한 공예품을 연상시키는 이 말은 쓸쓸하면서도 정밀한 뜰의 아름다움과 그것과 대조된 헛기침의 허망함을 미묘하게 교차한다. '내숙內宿'은 그의 초기 시에 애용되던 내향성의 시어다. '회기回忌'도 일상에서는 거의 사용하지 않는 말인데 제삿날이라는 뜻의 이 독특한 한자어를 복원해서

38

사용했다. 독특한 뉘앙스를 풍기는 희귀한 시어를 뛰어난 재능으로 발굴하여 적재적소에 배치한 것이다. "십삼 회기回忌"라면 아내가 떠난 지 13년이 되었다는 뜻이다. 13년이면 그 기간은 오랜 것이다. 21세의 청년 시인이, 죽은 아내를 잊지 못하여 13년간 제사를 지내는 상황을 상상하여 재구성한 것은 참으로 놀라운 일이다.

아내의 13번째 제삿날 한겨울 푸른 달빛에는 깨어 있는 신의 십이 음이 들린다고 했다. 십삼 회기와 십이 음은 성서적 환기력을 지닌 어휘로 짐작된다. 시인은 이 시에서도 성서적 경건함을 환기하여 종교적 분위기를 조성하는 경향을 보인다. 자신이 지닌 사랑의 환상은 어둠 속에서도 깨어 있는 신의 소리를 엿들으며 누군가를 기다리고 있다. 아내의 모습을 잊지 못하고 하얗게 삭아 가는 암울한 겨울에 절대적 소멸과 세상과의 단절을 자신의 운명으로 받아들인다. 그러면서도 침묵과 소멸로 응결된 자신의 외로운 집을 방문해 달라고 요청한다. 존재의 비극에 바탕을 둔 참으로 애절하고 아름다운 시다.

그의 초기작 두 편은 성격이 다소 다르지만 언어와 정서의 운용 방식은 유사하다. 「재봉」은 미래의 희망에 초점을 맞추고 아름답고 고운 언어로 정갈한 상징의 공간을 직조했다.

「초청」은 외롭고 차가운 자기 집을 방문해 줄 사람을 기다리는 마음을 애상哀傷과 거리를 둔 정갈한 언어로 표현했다. 이처럼 그의 등단작들은 경건한 아름다움과 신비롭고 애잔한 이미지가 중첩되어 있다. 가혹한 청년기의 고초를 아름답고 정결한 이미지로 극복하려고 한 그의 시도가 유례를 찾기 힘든 독창적 성취로 결집된 것이다. 새롭게 솟아오른 청신한 이미지는 분명 경이로운 것이었다. 이 조숙한 천재 시인의 출현 앞에 문단은 긴장했다. 사람들은 그의 행로를 주의 깊게 지켜보았다.

2. 암울한 시대 상황의 표현

그의 첫 시집 『서울의 유서』는 1975년 5월에 간행되었다. 표제작 「서울의 유서」는 1970년대 초반의 암울한 시대 상황을 압축적으로 드러내는 중요한 작품이다. 여러 가지 비유로 구성된 이 작품은 당시의 시대 상황과 젊은 시인의 암담한 의식을 다층적으로 드러낸다. 이 시는 '서울'을 표제로 한 3부작의 일부를 이룬다. 그 세 편의 작품을 발표순으로 나열하면, 「서울 둔주곡」(『월간문학』, 1970. 7.), 「서울의 유서」(『현대문학』, 1970. 8.), 「서울의 불임不姙」(『중앙일보』, 1973. 5. 30.) 순서가 된다. 다양한 질병의 이름을 빌려 '서울'로 대변되는 도시 문명의 패악을 비판한 이 세 편의 작품 중 「서울의 유서」가 가장 주제가 뚜렷하고 집약적이다.

서울은 폐를 앓고 있다
도착증의 언어들은
곳곳에서 서울의 구강을 물들이고
완성되지 못한 소시민의
벌판들이 시름시름 앓아누웠다
눈물과 비탄의 금속성들은
더욱 두꺼워 가고
병든 시간의 잎들 위에
가난한 집들이 서고 허물어지고
오오, 집집마다 믿음의 우물물은
바짝바짝 메마르고
우리는 죽음의 열쇠를 지니고 다녔다
날마다 죽어서 다시 살아나는
양심의 밑둥을 찍어 넘기고
헐벗은 꿈의 알맹이와
기도의 낟알을 고르며

밤마다 생명수를 조금씩 길어 올렸다

절망의 삽과 곡괭이에 묻힌

우리들의 시대정신의 피

몇 장의 지폐로 바뀐 소시민의 운명들은

탄식의 밤을 너무나 많이 실어 왔다

오오 벌거숭이 거리에서

병든 개들은 어슬렁거리고

새벽 두 시에 달아난 개인의 밤과

십 년간 돌아오지 않은 오디세우스의 바다가

고서점의 활자 속에 비끄러매이고

우리들 일생의 도둑들은 목마른 자유를 다투어 훔쳐 갔다

고향을 등진 때늦은 철새의 눈물,

못 먹이고 못 입힌 죄 탓하며

새벽까지 기침이 잦아진 서울은

오늘도 모국어의 관절염으로 절뚝이며

우리들 소시민의 가슴에 들어와 목을 매었다.

ㅡ「서울의 유서」 전문

「재봉」의 순연한 서정성과는 너무나도 판이한 차이를 보이는 이 시에 담긴 시대 의식은 지금 읽어도 짜릿한 전율을 느끼게 한다. 첫 행부터 "서울은 폐를 앓고 있다"는 직선적인 명제로 현실의 비정상성을 선언적으로 표현했다. "양심의 밑둥을 찍어 넘기고", "몇 장의 지폐로 바뀐 소시민의 운명"과 같은 구절로 소시민의 낭패한 좌절감을 드러냈고, "우리들 일생의 도둑들은 목마른 자유를 다투어 훔쳐 갔다"에서 자유가 억압된 현실 상황을 직접적으로 비판했다. '서울의 유서'라는 극단적 제목은 시민들이 살고 있는 공간이 병들어 죽음을 앞두고 있다는 사실을 의미한다. 서울 시민 전체가 심각한 병에 시달리고 있고 울음과 신음을 토해 내고 있는데, 그 원인이 물신 숭배적 현실과 자유의 억압에 있다는 진단이다.

이러한 문면을 통해 이 시가 선명한 상황 의식을 표출하고 있음을 단번에 알아차릴 수 있다. 이 시가 발표된 시기는 3선 개헌이 날치기 통과되어 제7대 대통령 선거를 한 해 앞둔 시점이고 유신으로 넘어가는 전 단계의 상황이다. 20대 중반의 김종철 시인은 분명 사회 현실에 대해 저항 의식을 지니고 있었다. 이런 유형의 작품을 대거 수록하고 있는 『서울의 유서』는 그런 점에서 현실 비판 참여시의 선두에 선 작품집이라고 말할 수 있다.

1975년 5월에 출간된 첫 시집 『서울의 유서』 서문을 보면, 김종철 시인의 본격적인 시 창작이 1967년부터 시작되었음을 알 수 있다. 그는 서문에서 "8년 동안 써 모았던 이 작은 시집이 나의 생애에서 영구히 남으리라는 기대는 갖지 않는다"라고 썼다. 8년 동안 써 모았다고 했으니 시간을 역으로 환산하면 1967년부터 본격적으로 창작 활동이 전개되었음을 알 수 있다. 그 작품들을 1967년 말에 투고하여 1968년 『한국일보』 신춘문예로 등단한 것이다. 1970년 『서울신문』 신춘문예 당선 이후 현실 비판적인 작품을 적극적으로 발표하면서 그의 시가 큰 변화를 겪게 된다. 아이러니하게도 이 시기 그는 군 복무 중이었다. 그는 1970년 3월에 입대했고 그다음 해 월남 파병에 자원하여 베트남으로 향했다. 군 복무 후 1973년에 직장을 얻고 결혼식도 올린 후 1975년 5월에 시집을 냈으니 「재봉」으로 등단한 지 7년 만이다. 등단 이후 다양한 사회 경험을 통해 그의 시 의식이 많이 변화했음을 짐작할 수 있다.

3. 베트남 참전 경험의 표현

앞에서 언급한 대로 김종철은 1970년 3월에 군에 입대하여

1971년에 베트남 전쟁에 자원 참전했다. 그는 이 체험을 살려 다수의 베트남 참전 소재 작품을 발표하여 매우 특색 있는 시 세계를 선보였다. 이 시기 베트남 참전 시의 선구적인 자리에 놓인다고 평가할 수 있다. 이 시집에서 베트남 참전과 연관된 작품은 「베트남의 7행시」(『한국일보』, 1971. 8. 31.)를 위시하여 「야성野性」(『중앙일보』, 1971. 10. 27.), 「닥터 밀러에게」(『한국일보』, 1972.), 「소품」(『한국일보』, 1972. 10. 27.), 「죽음의 둔주곡」(『시문학』, 1973. 3), 「병」(『풀과 별』, 1973. 8.), 「죽은 산에 관한 산문」(『심상』, 1974. 1.) 등이다. 여기서 앞의 세 작품은 그가 베트남에 주둔하던 시절에 발표한 것이고 군 복무를 마치고 발표한 작품이 200행에 이르는 장시 「죽음의 둔주곡」이다.

말년에 이 시기를 회고한 작품 「그 무렵, 말뚝처럼 박힌」이나 「대수롭지 않게」(『못의 사회학』, 2013. 수록)에 의하면, 전쟁 중 야전 병원과 의무 중대의 위생병으로 근무하면서 「죽음의 둔주곡」 초고를 기록했다고 적었다. 이들 작품은 전쟁의 잔혹성과 비정함, 전쟁에 처한 인간의 공포감, 죽음에 따른 폐허 의식 등을 다채로운 시상으로 펼쳐 냈다. 「베트남의 7행시」에는 "가늠구멍에 알맞게 들어와 떨고 있는 / 낯선 운명과 숲과 소나기와 진흙 / 그대의 잔과 접시에 고인 정신의 피 / 만남과 만남 사이에 죽음의 아이들은 / 서너 마리의 들개를 몰고 내려온다." 같은 구절로 전쟁의 위기감과 그것이 내포한 비인간성, 대결과 죽음이 남긴 내면의 상처를 형상화하고 있다. 그러면서도 「닥터 밀러에게」, 「소품」, 「죽음의 둔주곡」, 「병」, 「죽은 산에 관한 산문」 등의 작품에서는 절박한 상황에서 어머니를 떠올리며 어머니의 사랑을 구원의 가능성으로서 기독교적 상징으로 전환하는 독특한 특성을 보인다.

「죽음의 둔주곡」은 200행에 이르는 장시로, 전쟁의 잔혹성과 비정함, 인간 심리의 절박감과 공포감, 죽음에 따른 폐허 의식 등을 변주하면서 다채로운 시상을 펼쳐낸 역작이다. 그는 이 작품을 시집 제일 앞에 놓았고 그다음에 「베트남의 7행시」, 「닥터 밀러에게」, 「죽은 산에 관한 산문」, 「소품」, 「병」 등을 배치했다. 그만큼 월남전 체험이 그의 의식의 전면에 자리 잡고 있었던 것이다.

어두워지면 조국에 긴 편지를 쓴다
'라스트 서머'를 나직이 부르며
비애의 무거운 배를 끌어 올린다
병든 숲과 항생제의 여름
키스와 매음과 눈물의 잎사귀로 가린
수진 마을이

우리들 머리속에서 심한 식물병植物病을 앓는다

— 「베트남의 7행시」 부분

 '수진 마을'은 당시 백마부대가 주둔해 있던 베트남 남부 캄란만(깜라인만)의 작은 마을 이름이다. 시인은 이 시의 첫 행에서 "우리가 가져온 바다 하나가 / 벌써 메말라 버렸다"라고 썼다. 부산에서 자란 그에게 바다는 어릴 때부터 익히 보아온 생활의 터전이다. 「아내와 함께」라는 시의 첫 행은 "언어 학교에서 내가 맨 처음 배운 것은 바다였습니다."로 시작한다. 바다는 그에게 생의 출발점이자 시의 출발을 알리는 상징적 장소였다. 그런데 그 생명의 공간인 바다가 베트남에 도착하자 곧 메말라 버렸다는 것이다. 생명의 소진과 죽음, 불모의 상황에 어쩔 줄 몰라 하는 낭패한 자아의 모습이 머리에 떠오른다. '병든 숲'과 '매음'과 '항생제'가 전쟁에 참여한 20대 젊은 병사에게 각인된 베트남 공간 체험의 표상이다. '병든 숲'과 '식물병'은 고엽제로 훼손된 열대 우림의 황폐한 풍경을 암시한다. 당시에는 풍경의 외관만 보았을 뿐 왜 열대의 숲이 이런 병든 모양인지 이해하지 못했을 것이다. 이 시의 마지막 행은 "만남과 만남 사이에 죽음의 아이들은 / 서너 마리의 들개를 몰고 내려온다."로 되어 있다. 청춘의 절정

기에 마주친 죽음의 표상이 어둠 속에 모습을 드러내는 병든
들개의 모습으로 제시된 것이다.

  캄란베이 꿈속에서
  나는 배를 기다렸다
  밤마다 자주 마른 파도의 상처가 나타나고
  순례자의 갈증은 타오르고
  한 방울의 물까지 나를 마셔 버렸다
  내 팔에 안겨 임종한 사내들을 마셔 버렸고
  내가 헤맨 몇 개의 정글을 마셔 버렸고
  내가 가지고 온 바다까지 마셔 버렸다
  나의 껍질은 다 벗겨졌다
  열두 달의 여름 속에서 제 배를 기다렸다
  나를 거두는 날을 기다렸다
  나의 벗은 몸들은
  서너 병의 조니워커와 피투성이의 진실과 성병과
  낯선 죽음의 발자국과 동하이의 흰 햇빛이었다
  내가 앓고 있는 천 일의 죽은 아라비아와
  구약과 눈물의 굳은 껍질과
  우기의 잠들은 그날 밤

48

더 많은 모래를 내 생의 갓 쪽으로 실어 날랐다

나를 낳아준 바다여

내 꿈속에 자주 찾아온 그대는 나의 충치였다

나는 여러 번 떠났다

그대의 항해일지에 찍힌 파도 따라

늘 헛되었고 빈탕이었다

우리가 귀향하는 배는

남지나에서 이틀을 움직이지 않았다

하룻날은 단 한 번 사랑한 랑의 눈물이 묶어 매었고

또 하룻날은 위생병인 내 팔에 안겨

떠나간 사내들의 죽은 꿈들이

배를 부둥켜안았다

오오, 이제 바람이 불면

또 다른 사내들이 그들의

생동하는 바다를 두고 올 것이다

―「죽음의 둔주곡 6곡」 전문

전부 9곡으로 되어 있는 이 장편 시의 6곡 전문을 인용했
다. 이 부분이 이 시 전체의 핵심에 해당한다고 생각했기 때
문이다. 이 시는 "나는 베트남에 가서 인간의 신음 소리를 더

똑똑히 들었다"라는 부제를 달고 있다. 그의 심정을 솔직하게 표현한 말일 것이다. 이 시가 발표된 1973년 3월은 미국과 북베트남의 휴전 협정에 의해 한국군의 월남 철수가 거의 종료된 시점이다. 월남 파병 당시부터 참전 반대 여론이 컸고 미군과 한국군 전면 철수를 전후로 비판 여론이 확대되는 시기였기 때문에 이러한 작품의 발표는 상당히 부담스러운 일이었다. 더군다나 1973년은 살벌한 유신체제 정국이 아니었던가. 그런 상황에 베트남 참전을 소재로 한 장시를 발표하면서 "인간의 신음 소리를 더 똑똑히 들었다"라는 선언적 부제를 내세우는 것은 웬만해서는 실행하기 어려운 일이었다. 정치 상황에 무지했거나 젊음의 용기가 두려움을 앞섰거나 둘 중의 하나다. 여하튼 김종철 시인은 그런 대담한 문자 행위를 과감히 실천했다.

"파도의 상처", "순례자의 갈증"은 참전한 한국 병사들의 고통과 번민을 나타낸다. "서너 병의 조니워커와 피투성이의 진실과 성병"은 젊은 병사들이 고통에서 벗어나기 위해 의존한 도착과 퇴폐의 상황을 암시한다. 고통과 번민, 도착과 퇴폐의 출구 없는 어둠의 회로는 "내 팔에 안겨 임종한 사내들"의 죽음 체험으로 이어진다. 도착과 퇴폐로 이어진 전장의 삶이 죽음으로 이어질 수 있다는 공포감과 자멸감을 드러내면서 그 공포가 다시 도착과 퇴폐로 이어질 수밖에 없음을 현장의 언어로 표현했다. "위생병인 내 팔에 안겨 / 떠나간 사내들의 죽은 꿈들이 / 배를 부둥켜안았다"라는 구절은 6·25전쟁에서도 볼 수 없었던 충격적인 죽음의 표현이다. 결국 도착과 퇴폐와 공포와 절망이 전쟁 때문에 일어났다는 것을 일깨움으로써 전쟁의 가학성과 비인간성을 고발한 것이다.

「베트남의 7행시」에서 "우리가 가져온 바다 하나가 / 벌써 메말라 버렸다"라고 썼던 시인은 이 시에서 허기진 갈증에 "내가 가지고 온 바다까지 마셔 버렸다"라고 토로했다. 타오르는 갈증에 자신의 껍질이 다 벗겨졌고 "열두 달의 여름"이 지나도록 돌아갈 배를 기다렸다고 했다. 간신히 출항한 귀향선은 남지나에서 이틀을 움직이지 않는데, 하루는 베트남에서 사랑한 랑의 눈물이 배를 묶었고 또 하루는 자신의 팔에 안겨 죽어간 전우들의 꿈이 배를 부둥켜안았다고 했다. 성서적 상상력의 언어를 거쳐 지친 고향의 땅으로 돌아왔을 때 그를 받아 주는 것은 아무것도 없었다. 그는 열대 정글의 죽음을 떠올리며 최후의 말을 남겼다고 어머니에게 고백한다. "어머니 우리는 세상에 사랑의 빚 이외에는 / 아무 빚도 지질 않았습니다."라고. 여기서 '사랑의 빚'을 떠올린 것은 중요하다. 절망과 자폐의 몸부림 대신에 사랑의 빚을 이야기함으로써 그는 다시 시를 쓸 수 있는 동력을 얻은 것이다. 그 사랑의 빚은 어머니에게서 온 것이다. 어머니의 사랑이 그가 세상에 남긴 사랑의 빚을 인지하게 한 것이다.

당시의 상황에서 전쟁 현장 체험에 바탕을 둔 이런 시편이 창작된 것은 우리 문단에 아주 드문 일이다. 특히 전쟁의 절망이 사랑의 기운으로 전환된 점은 매우 특기할 만한 사실이다. 시인은 개인적 상처를 드러내는 데 머물지 않고 거기 함께 참여한 병사들의 공동체적 의식을 대변했다. 젊은 나이에 체험한 전쟁과 그로 인한 전우들의 죽음이 그에게 마음의 상처로 남았고 내면의 변형 속에서 시 창작의 질료로 작용했던 것이다. 이런 점에서 김종철의 베트남 참전 시가 갖는 의의가 새롭게 구명되어야 할 것이다. 시집 수록 작품을 통해 확인되는 중요한 사실은 전쟁 전 작품의 주제가 이후 작품의 주제로 연결된다는 점이다. 전쟁 참여 전에 발표한 「서울 둔주곡」(『월간문학』, 1970. 7.)이 「죽음의 둔주곡」(『시문학』, 1973. 3.)으로 변주되고, 「서울의 유서」(『현대문학』, 1970. 8.)가 「닥터 밀러에게」(『한국일보』, 1972.)와 「죽은 산에 관한 산문」(『심상』, 1974. 1.)으로 변주되어 전쟁 체험이 참전한 군인들에게 어떠한 심리적 중압감과 절망감을 부과했는가를 작품을 통해 비교 고찰할 수 있다. 「서울의 유서」의 "서울은 폐를 앓고 있다"

는 선언적인 명제가 「죽음의 둔주곡」에서 "나는 베트남에 가서 인간의 신음 소리를 더 똑똑히 들었다"로 바뀐 것만 보아도 의식의 변화를 충분히 감지할 수 있다. 이러한 의식의 변화를 실증적으로 파악할 수 있다는 점도 간과할 수 없는 중요한 요소임을 강조하고 싶다.

4. '못'과 '어머니'의 상징 표상

김종철 시인이 40대를 넘어서면서 '못'의 존재론적 탐구에 전념한 것은 모르는 사람이 없다. 그런데 이 시기 그의 초기작들에 '못'의 표상과 연관된 시적 표현들이 많이 나온다는 사실은 거론한 사람이 거의 없다. "태양 아래 새로운 것이 없다"고 『전도서』 1장 9절에 기록되어 있거니와 '못' 시편의 씨앗이 초기 시에 잠복해 있었던 것이다. 사람들이 새롭게 만들었다고 하지만 그것은 이미 오래전에 잠재해 있었던 것이고, 어떤 계기에 의해 못이 솟아오르듯 표면에 모습을 드러내게 된다. 김종철 시인의 '못'의 주제 탐구도 어느 날 문득 솟아난 것이 아니다. 그의 초기 작품에 이미 그 싹이 조용하게 자라고 있었다.

첫 시집에 수록된 「야성野性」에 "온 집안의 황폐한 지병들

은 / 어둠 저쪽에서 **못질된** / 몇 개의 눈물 위에 골격을 드러
내고"라는 구절이 나온다. 못질되어 단단히 박힌 눈물 위에
집안의 황폐한 지병이 어둠 속에 골격을 드러낸다는 뜻이다.
움직이지 못하게 결속된 눈물이 집안의 운명이라는 것을 강
조하기 위해 못의 이미지를 이용한 것이다. 「겨울 변신기」에
는 "파랗게 떨고 있는 당신의 지난 상처를 **못질하고** / 잘 손
질된 은화의 세례를 쩔렁이며 / 매일 밤 유다처럼 한 잔의 포
도주로 목젖을 식히고 / 목매다는 시늉을 했다"라는 구절이
나온다. 당신의 괴로움과 상처를 잘 알면서도 그것을 해소하
지 못하고 유다처럼 자책과 자학의 행동만 되풀이했다는 뜻
이다. 여기서도 못은 과거의 상처가 마음 깊은 곳에 단단히
박혀 있음을 나타내는 비유적 이미지로 설정되어 있다.

　이러한 못의 이미지는 부정적 상황에 얽매여 자유롭게 움
직이지 못하는 동결과 구속의 정황을 환기한다. 시인은 단순
하게 '못'이라는 사물의 명칭을 사용하지 않고 '못질'이라는
행위의 의미를 의도적으로 배치했다. '못질'에서 환기되는 행
동의 폭력성과 금속성의 마찰감을 활용하여 생명의 자유를
억압하는 상황의 냉엄함과 비정함을 드러내려 한 것이다. 못
의 이미지는 이 두 편의 작품만이 아니라 그의 초기 시 여러
편에 다양한 형상으로 산포되어 나타난다. 그러한 시행을 눈

에 띄는 대로 찾아보면 다음과 같다.

황폐한 바람이 분다
마른 뼈의
골짜기들이 떼 지어 내려온다
　　　―「죽음의 둔주곡 1곡」에서

위생병 위생병 위생병인 내가
무너진 자들의 절망을 핀셋으로 끄집어낼 때
그대는 더 많은 파멸과 비탄을 삼켰다
　　　―「죽음의 둔주곡 4곡」에서

당신의 마른 구원의 눈썹이
정글 속 가시보다 모질고 독한 것을
(중략) 당신의 아픈 한마디 말씀
나를 뚫고 산을 뚫고 망우리를 뚫었습니다
나는 혀가 아리도록 김치를 씹었습니다
　　　―「죽음의 둔주곡 8곡」에서

그대의 마른 아픔은

서울의 복부에 말뚝을 박고

나는 그대의 가랑이에 숨겨 놓았던

산고産苦의 아이가 된다

—「서울의 불임」에서

읽다가 덮어 둔 구약성서에

별들도 온통 어깨를 돌리고

빈사의 골짜기에 말뚝을 박으며

조심스레 내려가는 불면

—「서울 둔주곡」에서

나의이마에

조심스럽게자라나는하나님의

경험을열두번못질하고

바짝조인언어의속살에못질하고

몸져누워있는한낮의집중을읽어맨다.

—「나의감기」에서

떨어져 나간 언어의 잔뼈마다

의식의 핀을 꽂고

개인의 균형을 비끄러매요

나의 바른쪽 눈알에

정확히 들어와 앉아 있는 나사의 구조를

비집고, 비틀거리며 나가는 그의 질서

―「시각의 나사 속에서」에서

거칠은 노동과 꿈의 침상 속에

그의 시대를 뚜껑 닫는 불면의 못질 소리가

아아, 젊은 우리의 것으로 도처에서 들려왔었네.

―「개인적인 문제」에서

　20대의 작품인 이들 시편에 나오는 '마른 뼈', '핀셋', '가시', '말뚝', '핀', '나사', '못질' 등의 시어들은 어떤 대상에 구멍을 내어 그것을 고정시키거나 속에 있는 무엇인가를 뽑아내는 의미를 표상한다. 그리고 이 시어들은 황폐함, 파열, 비탄, 모질고 독함, 아픔, 분해 등의 어사와 연결되면서 자아의 고뇌와 개인의 상처를 드러내는 표지물로 작용한다. 이러한 시어와 이미지 들은 그의 40대 이후의 시에 나오는 못과 상통하는 의미 내용을 지닌다. 그의 못 시편은 어느 날 우연히 출현한 것이 아니라 그의 초기 시부터 이어져 오던 존재 탐구의 경향이 '못'이라는 구체적이고 상징적인 사물로 집약되면서 중심 형상으로 자리 잡은 것임을 알 수 있다.

'못'과 함께 그의 일생의 시작에 걸쳐 중요한 상징적 의미로 등장하는 존재가 '어머니'다. '어머니'는 그의 창작과 생활, 그의 삶 전반에 걸쳐 지속적인 영향력과 견인력을 행사한 상징적 존재다. 어머니는 그의 존재 근거이자 그의 시를 장악하고 통어하는 뚜렷한 상징적 기제라고 할 수 있다. 베트남 전장으로 떠나는 젊은이들의 비통한 이별 장면을 형상화한 「죽음의 둔주곡 3곡」에서 뼈아픈 이별의 대상으로 떠오른 존재가 어머니다. 여기서 어머니는 혀끝을 안타깝게 차며 눈물 짓는 모습을 보이지만, 이별을 피할 수 없는 운명으로 받아들이면서 막내아들을 바다로 밀어 보내는 의연한 모성의 모습도 보이고, 「죽음의 둔주곡 8곡」에 가면 광야에서 돌아온 막내를 끌어안는 구원의 대상으로 등장한다. 그 어머니가 도회적 일상의 비애 속에 호출될 때는 다음과 같이 종교적 색채를 띠고 나타난다.

금요일 아침, 8년 만의 서울 거리에서
철들고 처음 울었다
사랑도 어둡고 믿음도 어둡고 활자도 어두운 금요일 아침

이 도시에서 분명해지는 것은 공복과 아픔뿐이다

철근으로 이어진 도시의 신경 너머

나뭇잎 비비는 소리

냇물의 물고기 튀어오르는 소리까지 모여드는

유랑의 눈물을 나는 다시 불러 모아

이 젊음을 가지고도 잘도 참아 내었구나

어머니가 길러 온 들판 하나를 말려 버렸고

말하지 못하는 나의 말과 꿈꾸지 못하는 나의 꿈과

취하지 않는 나의 술과 나의 배반은 너무 자라서

어머니의 품에 다시 안기지 못한다

열세 켤레째의 구두 뒤축을 갈아 끼우는 금요일 아침

철들어 나는 처음 울었다

—「금요일 아침」 전문

8년간의 서울 생활은 그에게 여러 가지 신산한 체험을 안겨 주었다. 그것은 어둠과 공복과 아픔으로 표상되는 부정적인 것들이다. 젊음의 절정에서 이 시련과 고초를 견딜 수 있었던 것은 그래도 시인적인 유랑 기질이 있었기 때문인데, 인내력의 한계에 도달해서인지 어느 금요일 아침 그는 눈물을 흘리고 말았다. 그때 떠오른 존재가 바로 어머니다. 자신의 시련의 체험은 어머니가 가꾸어 온 들판을 마르게 했고, 좌절의 배반감에 사로잡혀 어머니 품에 다시 안기지 못할 지경이 되었다. 이러한 자멸自滅의 의식은 어머니에게도 상실감을 안겨 주었다. 화자는 비통한 심정을 스스로 추스르고 발판을 디디고 다시 일어나 "열세 켤레째의 구두 뒤축을 갈아 끼우는" 행동을 한다. 여기서 '열세 켤레'는 성서적 의미를 지닌 숫자일 것이다. 새롭게 구두 뒤축을 갈아 끼우지만 그 행동이 여전히 힘겹고 어두운 상태에 있음을 암시한다.

그래도 그는 일어서서 자신의 길을 다시 걸으려 한다. 그것은 어머니의 들판을 다시 풍성하게 하고 어머니의 품에 안기려는 분투의 노력이다. 이 시의 '금요일 아침'도 '열세 켤레'라는 말과 연결되어 있다. 이것은 기독교의 불길함의 요소다. 시인은 자신의 삶이 행복하지 못하리라는 선험적 의식을 갖고 있는데, 그 의식을 기독교적 사유와 결합시키고 있다. 그것은 다시 어머니라는 존재와 연결된다. 어머니는 삶의 불행함에서 자신을 지켜주는 상징적 존재이고 그 존재는 종교적 경건함으로 승화된다. 자신의 불행을 부정적인 언어로 표현하면서도 종교적 경건성과 어머니의 사랑으로 그것을 극복하고자 하는 내면의 안간힘을 감지할 수 있다.

그의 사회생활이 지속되어 시작의 후기 단계로 갈수록 어머니의 종교적 경건성은 더 강화된다. 그만큼 어머니는 그의 삶과 문학에 아주 중요한 상징적 의미로 작용하는 것을 알 수 있다. 그러한 어머니의 상징적 의미가 그의 초기 작품에 이미 잠복되어 있다. 요컨대 '못'과 '어머니'라는 그의 시의 중요한 상징 표상이 첫 시집의 시편에 든든히 자리 잡고 있음을 확인할 수 있다. 이로써 '못'과 '어머니'는 그의 시 의식의 향방과 지향을 알려 주는 상징의 갑골 문자가 된다.

제2시집 『오이도』와 제3시집 『오늘이 그날이다』

새로운 형식 탐구와 모색의 과정

1. 자기 모색의 시간

그의 두 번째 시집 『오이도鳥耳島』는 9년이 지난 1984년 11월
에 간행되었다. 이 기간에 그는 직장도 얻고 결혼도 하고 두
딸의 아버지가 되었다. 생활인으로서 안정감을 얻었지만 시
인으로서 그는 상당한 번민의 시간을 보낸 것 같다. 9년이라
는 긴 시간의 격차는 그러한 고민의 내력을 암시해 준다. 앞
에서 말한 대로 그의 시적 출발은 순정한 서정성과 암울한
현실 비판의 이중적 경향을 보였다. 이 두 방향의 상반된 특
징은 사회인으로 자리를 잡아 가는 그의 생활의 측면에서도
상당한 충돌과 길항을 일으켰을 것이다. 「재봉」과 같은 꿈의

서정으로 나아가기도 어렵고 「서울의 유서」 같은 철저한 현실 비판으로 나서기도 어려운 상황에서 시의 새로운 활로를 찾기 위한 고민의 시간을 보냈다. 그래서 그는 "외롭고 추운 마음을 안고 한 번씩 자신으로부터 외출을 하고 싶을 때 찾아가는 섬"으로 '오이도'를 설정하여 연작시를 쓰고 그것을 시집의 표제로 삼았다.

이 시집에서 가장 주목되는 점은 장시의 기획이다. 장시는 그의 첫 시집에서도 「죽음의 둔주곡」이나 「네 개의 착란」 등에 시도된 것이기는 하지만, 이 시집에서는 「떠도는 섬」, 「해 뜨는 곳에서 해 지는 곳까지」에서 본격적으로 시도되고 있고, 연작시인 「오이도」와 「몸」도 연작 형식의 장시로 읽을 수 있다. 요컨대 그는 단형의 서정시보다 호흡이 긴 장형의 작품을 통해 자신의 정동情動의 흐름을 표현하고자 한 것이다. 비교적 길이가 짧은 장시 「해 뜨는 곳에서 해 지는 곳까지」를 읽으면 그의 의식의 흐름이 어떻게 움직이는지 파악할 수 있다.

내 고향 한 늙은 미루나무를 만나거든
나도 사랑을 보았으므로
그대처럼 하루하루 몸이 벗겨져 나가
삶을 얻지 못하는 병을 앓고 있다고 일러 주오

내 고향 잠들지 못하는 철새를 만나거든
나도 날마다 해 뜨는 곳에서
해 지는 곳으로 집을 옮겨 지으며
눈물 감추는 법을 알게 되었다고 일러 주오

내 고향 저녁 바다 안고 돌아오는 뱃사람을 만나거든
내가 낳은 자식에게도 바다로 가는 길과
썰물로 드러난 갯벌의 비애를 가르치리라고 일러 주오

내 고향 홀로 집 지키는 어미를 만나거든
밤마다 꿈속 수백 리 걸어 당신의 잦은 기침과
헛손질로 자주자주 손가락을 찔리는 한 올의 바느질을 밟고
울며 울며 되돌아온다고 일러 주오

내 고향 유년의 하느님을 만나거든
기도하는 법마저 잊어버리고
철근으로 이어진 도시의 언어와 한 잔의 쓴 술로
세상을 용케 참아 온 이 젊음을
용서하여 주라고 일러 주오

내 고향 떠도는 낯선 죽음을 만나거든

나를 닮은 한 낯선 죽음을 만나거든

나의 땅에 죽은 것까지 다 내어놓고

물 없이 만나는 떠돌이 바다의 일박까지 다 내어놓고

이별 이별 이별의 힘까지 다 내어놓고

자주 길을 잃는 이 젊은 유랑의 슬픔을

잊지 말아 달라고 일러 주오

—「해 뜨는 곳에서 해 지는 곳까지」 전문

이 시에는 도시에서 유랑과 방황의 심정으로 젊은 시절을 보낸 시인의 숨김없는 내면이 솔직하게 토로되어 있다. 그는 생활인으로 정착되어 가는 매 순간 그의 고향에 돌아가 솔직한 고백을 하고 싶은 충동에 시달렸던 것이다. 그는 첫 시집의 「아내와 함께」에서 "언어 학교에서 내가 맨 처음 배운 것은 바다였습니다."라고 말했지만 언어 학교에 입사하기 전에 그는 부산 바닷가에서 바다와 함께 성장한 바다의 사나이였다. 바다는 그의 고향이고 그의 어머니였다. 고향과 어머니는 늘 바다의 형상으로 그의 시에 나타난다. "해 뜨는 곳에서 해 지는 곳까지" 다 포용한 공간이 바로 바다다. 그는 바다를 향해 고향에 돌아가 누군가를 만나면 자신이 하고 싶은 이야기를 전해 달라는 당부의 형식으로 자신의 심정을 표현한 것이다.

가장 먼저 떠올린 것은 고향의 늙은 미루나무다. 그 나무를 떠올린 것은 미루나무의 얼룩덜룩한 표피 때문이다. 화자는 자신이 사랑을 잃은 존재가 되어 늙은 미루나무처럼 하루하루 몸이 벗겨져 나가 삶을 얻지 못하는 병을 앓고 있다고 말한다. 도시에서 정상적인 생활을 하고 있는 것 같지만 사실은 진실을 잃은 병든 생활을 하고 있다는 자의식의 표현이다. 다음에는 떠도는 철새를 떠올렸다. 자신이 잠들지 못하는 철새처럼 날마다 집을 옮겨 지으며 떠도는 삶을 살면서도 눈물을 감추며 살고 있다고 말한다. 역시 도시 생활의 실패를 자인하는 고백이다. 자신은 바다의 뱃사람이 되어 자식에게 바다로 가는 길을 일러주고 갯벌의 비애를 가르쳐야 옳았던 것인데 그러지 못하여 미안하다는 뜻을 나타냈다. 홀로 집을 지키는 어머니에게 아들의 그리움과 안타까운 마음을 전해 달라고 했다. 이 대목에 비유가 가장 섬세하게 구성된 것은 시인의 진심이 가장 순도 높게 작동했기 때문일 것이다.

이어 자신은 어린 시절에 올리던 순정한 기도도 잃어버리고 비정한 도시의 언어에 매달려 한 잔 술로 젊음을 견디는 삶을 살고 있다고 고백하며 자신의 잘못을 용서해 달라고 청한다. 여기 나오는 '용서'라는 말은 어머니 회상 다음에 이어져 진심의 순도를 높게 유지한다. 마지막 연은 죽음을 이야기한다. 고향을 떠도는 낯선 죽음이 있다면 그것은 자신의 분신일 것이니 그를 만나면 도시에서 자주 길을 잃으며 혼돈의 시간을 보내고 있는 이 젊은 유랑의 슬픔을 잊지 말아 달라고 말해 주기를 청한다. 요컨대 자신이 고향을 떠나 바다의 생동감을 잃고 유랑과 불임의 세월을 살고 있다는 고백이며 그것에 대한 참회의 표명이다.

이러한 좌절과 참회의 감정은 열한 편의 단락으로 구성된 장시 「떠도는 섬」에 더 뚜렷하게 표현된다. '떠도는 섬'은 앞의 시에서 노래한 병든 유랑의 상황을 대변하는 제목이다. 죽은 바다와 살아 있는 바다 사이를 표류하는 '떠도는 섬'은 정착하지 못하는 시인 자신의 처지를 상징한다.

죽어 있는 바다와 살아 있는 바다
오오, 버림받은 자는 그의 눈물의 짐을
타락한 자는 그의 절망의 닻을
내려놓은 이 섬에
한 낯선 배가 새벽안개를 거두며
이 섬이 깨어날 시각에 당도하더라
한 낯선 배는 그대들에게

벌거벗은 땅과 그 슬픔을 보여 주러 왔더라

언젠가 기다렸던 그 배를 꿈꾸며

이 섬의 사람들은 모두 모여

잔 파도를 가슴속에 하나씩 풀어 놓더라

한번 밀리고 또 한번 쉽게 건너뛰는

오, 상처 받아 우는 작은 바다여

그대들이 읽은 몇 장의 책갈피 속에

버림받고 타락한 자의 꿈을 덮어 두더라

그대들이 매일 버리려고 떠난 바다에

새로워지지 못하는 내일과 소금 하나가

눈물 한 장과 함께 남아 떠돌고 있더라

죽어 있는 바다들만 떠도는 이 섬에

어느 굽이에 어느 모래들이

몰래몰래 그대들의 발밑에 쌓여가고 있더라

—「떠도는 섬」 첫 단락

성서의 예언자적 어조와 설교 강론의 화법을 차용한 이 시
의 호흡은 장중하다. 훗날 '못' 연작시에 많이 나오던 기도와
묵상의 언어를 사용하고 있다. 가톨릭 신앙에 바탕을 둔 묵
상과 기도는 그의 시의 어조와 정신을 통괄한 중요한 지배적

요소다. 기도하는 그의 눈과 가슴에 "상처 받아 우는 작은 바다"로 표상되는 세상의 힘없는 존재들이 언제나 민감하게 들어와 박혔다. 그리고 그 자신도 그러한 연약한 존재의 하나였다. 요컨대 떠도는 섬의 형상에는 타자에 대한 연민과 자신에 대한 연민이 긴밀하게 결합되어 있는 것이다.

그러면서도 이 시에 나오는 '버림받은 자', '타락한 자', '상처 받아 우는 작은 바다', '죽어 있는 바다' 등의 어사는 어떠한 절망의 소용돌이에도 휘말리지 않겠다는 시적 자아의 강인한 의지를 반영한다. 그는 어떠한 시련에도 버림받지 않고 타락하지 않고 상처 받아 울지 않으며 죽음에 굴하지 않겠다고 안간힘을 쓰고 있다. 그래서 이 긴 시의 마지막 구절은 "이제 바람이 불고 또 바람이 불면 / 죽어 있는 바다와 살아 있는 바다가 / 나란히 함께 길을 떠나리라 / 오, 누가 그대들에게 저 낯선 배가 / 그대들 이승의 밤과 낮이라고 말하겠는가"로 마무리된다. 죽음과 삶을 넘어서서 순간의 감정에 휘말리지 않고 새로운 출항을 도모하는 것으로 시상이 종결되는 것이다. 여기서 '낯선 배'는 '이승의 밤과 낮', 즉 현재의 상황을 나타내는 것이 아니라 새로운 세계로 향하는 출항의 상징이다. 그는 현실의 좌절 속에서도 고향의 순수함을 잃지 않고 또 다른 바다를 향해 나아가기를 희망하고 있다.

이러한 장중한 호흡의 장시 외에 그는 간소한 생활의 시편
도 창작했다. 일상적 생활의 국면에서 잠시 떠오르는 평화의
감정을 담담하게 표현한 것이다. 등단작 「재봉」에서 경건한
아름다움의 이상향을 시로 펼쳐 보인 바 있듯이, 삶에 대한
편안한 각성을 생활의 국면에서 수용하여 일상의 시로 표현
했다. 이러한 생활의 시는 그가 진지한 존재론적 탐구로 나
아가기 전에 가족끼리 주고받은 편안한 감정의 교류에서 얻
어진 성과다.

    아내는 외출하고
    어린 두 딸과 잠시 빈방을 채우며 뒹굴다가
    그들이 눈을 붙이는 사이
    적막 같은 비가 한줄기 쏟아진다
    두 딸년의 잠든 눈썹 사이로 건너뛰는 빗줄기
    나는 적막이 되고
    유리창 끝에 매달리고
    한 방울의 물이 우리를 밖으로 내다 놓는다
    한 방울의 물이 또 다른 한 방울의 물과 어울리는 동안
    우리 집의 모든 물은 적막같이 돌아눕고
    어울릴 수 없는 한 방울의 물만이

창턱을 괴고

외출한 한 방울의 물소리에 귀를 열고 있다

—「아내는 외출하고」 전문

이 시는 아내가 외출했을 때 느끼는 잠깐의 쓸쓸함을 바탕
으로 가족의 의미가 어떤 것인가를 감성적으로 표현한 작품
이다. 아내가 없는 쓸쓸한 시간의 여울을 가로질러 자기들끼
리 노는 두 아이들, 그것으로 인해 다시 환기되는 적막한 소
외감, 소외감 때문에 더욱 따스하게 부각되는 가족끼리의 정
겨움과 아내의 존재에 대한 소박한 재확인 등 일상에서 감지
되는 편안한 느낌을 진솔하게 그려낸 작품이다. 시니 철학이
니 존재 탐구니 하는 것들을 떠나 일상인들이 생활에서 마주
치는 장면은 이런 풍경이리라. 자수성가한 김종철 시인의 입
장에서 보자면 이러한 물방울끼리의 어울림이 그가 진정으
로 원하는 경건함 아름다움, 일상에서 얻은 슬기로운 평화의
국면이라 할 수 있다.

이 시에는 생활인으로 잠시 느끼는 고독의 정서도 담겨 있
다. "우리 집의 모든 물은 적막같이 돌아눕고 / 어울릴 수 없
는 한 방울의 물만이 / 창턱을 괴고 / 외출한 한 방울의 물소
리에 귀를 열고 있다"에는 분명 고독한 자아의 목소리가 들

린다. 그는 스스로 어울릴 수 없는 존재라는 격차의 소외감을 느끼고 있다. 이것은 결코 부끄러운 감정이 아니다. 고독과 소외는 인간이 살아 있다는 것을 증명하는 실존의 기표다. 그래서 고독은 모든 인간 창조를 추동하는 힘으로 작용한다. 문학이건 예술이건 학문이건 유형무형의 창조의 근원에는 고독이 자리 잡고 있다. 고독의 심연에 닻을 드리우는 사람만이 새로운 창조를 이룩할 수 있다. 시의 경우는 더욱더 그러하다. 타인과 거리를 유지하고 고독의 심연에서 자신의 내면과 만날 때 비로소 한 줄의 시가 얻어진다. 예술가들이 고독의 순수 자유를 한없이 사랑한다고 말하는 것은 고독을 제대로 인식하고 고독에 맞서 자신의 존재 위상을 찾으려 할 때 진정한 창조가 이루어진다는 사실을 잘 알기 때문이다.

2, 우화 형식의 발견

김종철 시인의 세 번째 시집 『오늘이 그날이다』(1990)에 오면 우화의 형식이 두드러진 시적 특징으로 모습을 드러낸다. 이야기의 틀을 외부에서 가지고 와서 그 틀을 통해 자기가 하고자 하는 말을 담아 넣는 방식이다. 우화의 형식에 중요한 기틀을 마련해 준 것이 프랑스 작가 생텍쥐페리의 『어린 왕

자』독서 체험이다. 「어린 왕자를 기다리며」라는 다섯 편의
연작은 『어린 왕자』에 나오는 모티프를 축으로 하여 세상을
살아가는 시인의 체험을 나타냈다. 따라서 이 우화적 시편의
배면에는 '어린 왕자' 이야기의 잔광殘光이 깔려 있다.

뱀 얘기는 정말 싫습니다
그러나 보아 구렁이는 예외입니다
속이 보이는 보아 구렁이와
속이 보이지 않는 보아 구렁이 그림을 보고 있으면
웃음이 나와 참지 못할 것 같습니다
중절모 하나와
수줍은 코끼리 한 마리가
어른과 아이를 너무 쉽게 구분시켰기 때문입니다

붕붕 달리는 버스를 보고 있으면
보아 구렁이 속에 들어가 있는
수줍은 코끼리가 문득 떠오릅니다
달리는 코끼리 옆구리에
창문을 여러 개 그려 놓고
사람들이 조롱조롱 매달려 있습니다

정류장마다

코끼리 복부에서 우루루 쏟아지는

작은 사람을 보고 있으면

차라리 행복해 보입니다

그것이 더구나 그림 동화라면

오늘도 아침 출근길에

만원 버스 속에서 구두가 짓밟히고

웃옷의 단추가 떨어져 나갔습니다

보아 구렁이 속도 이처럼 갑갑했을 것입니다

코끼리를 삼킨 무서운 보아 구렁이가

아직도 모자로 보이는 시대에

우리들의 만원 버스 속의 지옥과 인생도

언제까지나 모자를 쓰고 다닐 것입니다

―「어린 왕자를 기다리며 2」 전문

이 시는 세 단락으로 나누어져 있다. 첫 단락은 『어린 왕
자』에 나오는 보아 구렁이 이야기를 소개한 것이다. 아이의
천진한 상상력과 어른의 진부한 일상성을 쉽게 구분한 그 이
야기를 읽고 시인은 "웃음이 나와 참지 못할 것" 같다고 했

다. 이것은 시인의 상상력이 어린이의 천진성에 가까이 다가가 있다는 것을 방증한다. 그는 양을 넣어 둔 상자 그림을 보면, "양이 갑갑하겠다. 창문도 달아 주어야지"하고 네모난 창문도 그려주고, 그 그림에 귀를 기울이며 "야, 양이 잠들었는걸. 숨 쉬는 소리가 들리는데"라고 말할 수 있는 단계에 와 있다.

둘째 단락은 현실을 어린이 같은 동화적 장면으로 재구성했다. 우리가 타는 버스를 보아 구렁이 뱃속에 들어간 코끼리로 보고 코끼리 옆구리에 창문도 그려 놓고 그 안에 사람들이 매달려 있는 모습을 상상해 본 것이다. 어쩌면 초등학교에 다니던 그의 딸이 실제로 이런 재미있는 그림을 그렸는지도 모른다. 우리의 현실이 이런 그림 동화 같은 모습이라면 만원 버스의 고통도 없고 현실의 시달림도 없을 것이다. 그러나 그것은 동화 속의 이야기일 뿐 현실에는 행복한 그림이 존재하지 않는다. 행복한 그림은 어린이의 천진한 상상 속에서만 존재한다.

셋째 단락은 현실을 있는 그대로 제시했다. 만원 버스는 현실에서 절대로 코끼리 그림이 될 수 없다. 구두가 짓밟히고 웃옷의 단추가 떨어져 나가는 부딪침과 다툼의 공간이 현실이다. 현실의 시각으로 보면 보아 구렁이 속은 답답한 지옥이고 그 답답한 지옥을 일상의 천으로 가린 겉모습이 모자로 보일 뿐이다. 코끼리를 삼킨 보아 구렁이 그림을 모자로 보는 것은 어린이들의 천진한 시각이다. 어른들은 끔찍한 삶을 평범한 일상으로 대하며 사는 게 결국은 이런 것 아니냐고 그럭저럭 하루하루를 영위해 간다. 참혹한 삶을 모자의 모습이라고 자위하며 각자 자발적으로 위장의 모자를 쓰고 삶의 실상을 보는 눈을 가리고 살아간다. 실상을 가리는 단계를 넘어서서 실상을 왜곡하고 사는 것이 우리들의 모습이다. 시인은 자신을 포함한 나약한 소시민들을 우화의 형식을 통해 풍자하고 비판하고 있다.

『어린 왕자』에 나오는 보아 구렁이 이야기를 축으로 하여 2연에서는 코끼리의 동화적 관점을, 3연에서는 모자의 현실적 맥락을 제시한 시인의 상상력의 전환이 매우 재미있다. 3연의 조용한 풍자를 통하여 일상성에 찌들어 가는 현실의 실상을 반성하게 되고 아울러 갑갑한 세상에서 천진한 상상이 갖는 의미를 새롭게 인식하게 된다. 우화에 바탕을 둔 상상력은 이렇게 그의 어깨에 들어간 힘을 빼 주었다. 그래서 그의 시는 비장한 풍자나 절망의 토로에서 벗어나 한결 가뿐해지고 날렵해진다. 이것에 대해 그는 시집 「자서」에서 "시를 무겁지 않게 쓰는 법이 열렸다"라고 표현했다.

우화 형식의 한 변형에 해당하는 작품이 「그날 밤 2」다.

그날 밤

닭이 세 번 울었습니다

세 번이나 몸을 감추었던 내가

누구인지 알게 되었습니다

신새벽은 언제나 닭이 울고 난 후에

몸을 드러냅니다

어머니는 오늘도 작은 공터에서

닭을 칩니다

사료와 물을 주고 닭장을 손질합니다

닭똥 냄새가 정말 지독합니다

어머니는 이 많은 닭들이

언젠가 일제히 울 것을 두려워합니다

아니에요 아니에요 아니에요

그날 밤

첫애를 가진 아내는

홰대 위에 올라가 몸을 틀고

물을 데우던 어머니와 나는

빨리 닭이 울기를 기다렸습니다

—「그날 밤 2」 전문

이 시에는 현재와 과거가, 시인의 체험과 성서의 내용이
묘하게 병치되어 있다. 구원의 대상인 어머니가 생활의 대상
인 아내와 병치되어 나타나는 것도 흥미롭다. 어머니가 닭을
친 것은 과거의 일이고 아내가 해산하는 것은 현재의 상황이
다. 닭이 세 번 운다는 것은 성경에 기록되어 만인에게 회자
된 베드로의 이야기다. 닭이 세 번 울었을 때 비로소 베드로
는 예수의 말을 떠올리며 자신의 잘못을 절감하고 자책한다.
그 소리는 자기를 올바로 인식케 하는 상징이자 새로운 빛의
열림을 알리는 신호다.

1연의 화자는 닭 울음소리를 듣고 자신의 잘못을 깨달은
베드로다. 베드로는 닭이 울고 난 후에 자신이 어떤 존재인
가를 정확히 알게 되었고 새벽은 닭이 운 후에 온전히 몸을
드러낸다는 것을 알게 되었다. 2연은 어머니가 닭을 치고 있
는 사실을 말함으로써 닭 울음소리가 먼 데 있는 것이 아니
라 우리들 가까이 있음을 암시했다. 이것도 성경의 이야기를
끌어온 우화의 형식이다. 3연의 화자는 시인 자신이다. 그에

게 닭 울음소리는 첫 아이를 얻고 새로운 삶에 눈뜨게 되는 개안의 소리다. 아내는 마치 베드로가 세 번 부정하듯 아이를 낳을 때가 아니라고 세 번 부정했지만, 새벽이 다가올수록 산기와 진통에 시달린다. 어머니와 나는 빨리 닭이 울기를 기다린다. 새벽의 닭 울음소리는 자신이 누구인가를 깨닫게 하고 새로운 시간이 시작됨을 알리는 상징의 음향이기 때문이다.

이 시는 성경의 이야기를 원용하여 일상의 삶을 사는 우리들이 자신을 제대로 알고 새로운 시간을 맞이하려면 어떠한 계기가 필요한가를 묻고 있다. 성경의 베드로 일화가 우화의 토대를 마련하고 있다. 이렇게 우화의 형식을 도입한 것은 앞에서 말한 대로 "시를 무겁지 않게 쓰는 법"을 추구하기 위함이다. 심각하고 진지한 주제를 다루되 그것이 우리의 일상과 멀리 떨어진 것이 아님을 알리기 위해 친숙감을 주려고 우화를 통해 유머의 가벼운 화법을 구사한 것이다.

무겁지 않은 우화의 형식을 방법론으로 채택하여 웃음의 시학을 겨냥했지만 현실의 고통은 여전히 그의 마음을 눌렀다. 어릴 때 겪은 가난 체험은 현실의 고통에 눈감지 못하도록 그의 자의식을 예민하게 자극했다. 이 자극은 사실 일생에 걸쳐 그의 시를 관통했다. 그에게 인간의 가난과 그로 인한 고통은 외면할 수 없는 주제였다. 우화의 여유로움에서 벗어났을 때 현실의 고통과 가난의 문제가 그에게 밀려왔다. 「밥에 대하여 1」과 「밥에 대하여 2」, 「편한 잠을 위하여」 등의 시가 그것을 껴안은 작품이다.

「밥에 대하여 1」은 철거민의 절박한 상황을 소개했다. 철거가 임박했는데도 이주하지 못한 주민은 "사람 살고 있음"이라고 푯말을 내걸었지만 철거반의 포클레인은 사정없이 담장과 지붕을 허물어 버린다. 밥상에 둘러붙은 아이들이 어머니 품속으로 뛰어들며 울음을 터뜨린다. 이미 대책을 마련한 이웃 사람들은 남의 일 보듯 몸을 숨기고 구경만 한다. 분노의 감정을 나타내려 하다가도 겁이 나서 몸을 움츠리고 만다. 사람들은 무심하거나 소심하거나 비겁하다. 신부님이 이들을 위해 단식으로 거부의 몸짓을 보였지만 저들을 용서하라는 신부님의 말은 아무 힘이 되지 못했다. 화자는 집 없는 약자의 편에 서고자 하지만 그도 용기가 없어 신부님의 행동에 동정과 연민의 감정을 표현할 뿐이다. 「편한 잠을 위하여」는 이주하지 못하고 남아서 철거반에 맞서던 철공소 박 씨가 청산가리를 먹고 자살한 비참한 사건을 모티프로 하여 편안한 잠이 보장되기 어려운 가난한 사람들의 고초를 표현했다.

「밥에 대하여 2」는 인간은 밥만으로 사는 것이 아니라는 예수의 가르침을 현실과 관련지어 우회적으로 표현했다. 최소한의 밥을 보장해 달라고 요구하는 젊은이들은 인간다운 삶을 위한 투쟁을 시위로 표현한다. 예수가 현재의 시점에 나타난다면 시위하는 젊은이의 모습일까 저들을 용서하라고 혼자 기도하는 신부님의 모습일까. 시인은 답을 얻지 못한다. 과거의 예수나 오늘의 젊은이나 십자가에 매달려 고통의 신음을 앓고 있는 상황은 유사한 것 같다. 나의 이익을 떠나 다른 사람의 생존과 공익을 위해 마음을 쓰고 투쟁했기 때문이다. 시인은 밥 때문에 일어나는 현실의 고통에 관심을 가지며 가톨릭 신앙인의 위치에서 괴로움을 표현하고 있다. 이러한 시편들은 현실의 모순과 고통에 대해 우화의 형식으로 자신의 번민을 표현한 것이다. 첫 시집에 강렬하게 표출되었던 현실적 저항성은 우화 형식의 어법을 빌려 이렇게 우회적으로 계승되었다.

3. 시간에 대한 탐구

생활인으로 가정과 사회에 충실하고 시인으로 뿌리를 내려 시작 활동을 지속하는 과정에도 이상적 초월과 현실적 좌절은 여전히 그의 삶과 정신을 이끄는 두 축으로 작용했다. 가톨릭 신앙에 바탕을 둔 형이상학적 성찰은 때로 이 두 축을 더욱 분열시키고 때로는 결합의 가능성을 제시하기도 한다. 어떤 형태의 것이든 신앙은 현실과 초월의 갈등과 조정을 야기하기 때문이다. 그는 철학이나 종교와 관련된 영적인 탐구를 통해서 두 축의 통합을 시도해 보았다. 그는 시간의 문제에 관심을 갖고 현실과 초월의 격차를 조율해 보려 했다.

그의 세례명은 아우구스티노다. 예전에는 프란체스코를 방지거, 아우구스티노를 아오스딩이라고 했기 때문에 그의 첫 시집에는 「죽음의 둔주곡」과 「만남에 대하여」에 '아오스딩'이라는 세례명이 한 번씩 언급된다. 가톨릭 세례명은 아우구스티노Augustino로 공식화되었지만, 철학사에는 아우구스티누스Augustinus, 영어로는 오거스틴Augustine으로 표기된다.

아우구스티노는 시간의 문제에 관심을 갖고 시간에 대한 명상과 성찰을 기록으로 남겼다. 그는 과거, 현재, 미래라는 시간을 인간 의식의 지속 현상으로 파악하여, 과거라는 시간이 있는 것이 아니라 과거에 대한 기억이 있을 뿐이며, 미래라는 시간이 있는 것이 아니라 미래에 대한 기대가 있을 뿐이라는 해석을 했다. 그러면 현재는 존재하는가? 현재도 의식의 지속선상에 놓이기 때문에 어느 한 순간을 지정할 수 없다고 주장했다. 그는 시간의 본질을 하나님의 영원성에 귀속되는 것으로 규정했다. 하나님의 창조는 시간의 흐름 속에 이루어진 것이 아니고, 창조에 의해 시간이 형성된 것이라고 보았다. 창조자는 시간을 초월하여 영원한 것이며, 피조물인 인간은 시간의 끊임없는 흐름 속에 가변적인 의식을 가질 수밖에 없다는 설명이다.

그러면 아우구스티노는 왜 시간의 문제에 관심을 가졌는가? 인간이 시간의 진행에 얽매인 존재라는 것을 깨달았기 때문이다. 인간에게 죽음을 가져오는 것도 시간이며 죽음의 두려움에서 인간을 풀어 주는 것도 시간이다. 그렇다면 시간이야말로 삶과 죽음의 어려운 매듭을 풀어 줄 수 있는 신의 손길을 간직한 비의祕義의 성城일지 모른다. 죽음의 초월과 그 초월을 가능케 하는 영원한 신의 손길이 시간에 내재해 있을 것이다. 이런 생각으로 시간에 대한 명상과 탐구가 시작된 것이다. 시간은, 만물을 소멸로 이끌고 인간 또한 사멸할 수밖에 없다는 것을 깨닫게 하는 자연의 원리이면서 동시에 초월적 세계의 존재와 그곳으로 갈 수 있는 가능성을 함께 암시하는 상징의 기표다.

김종철 시인은 자신이 세례명의 주인인 성 아우구스티노의 삶과 사상에 대해 알아보았을 것이다. 그는 아우구스티노가 시간의 문제를 탐구하였다는 사실을 알게 되었고 그 자신도 시간에 관심을 갖고 인간의 삶을 시간의 흐름 속에 포착하려는 시도를 벌였다. 자신의 시에 인간의 삶에 대한 시간적 성찰을 담아 넣으려 한 것이다. 인간의 삶에 시간이 아주 중요한 의미를 지닌다는 것을 인식했기 때문이다. '못'에 대한 형이상학적 탐구 이전에 그는 이미 이런 존재론적 탐구의 경향을 지니고 있었다.

「하나 혹은 여럿─시간여행 1」은 시간에 대한 탐구의 출발 지점을 보여준다. 이 시의 1연은 "시간은 앞으로 갑니다 / 시간은 하나입니다"로 시작한다. 어저께의 하나가 오늘 왔다가 내일로 걸어간다고 하여 시간의 순차적 진행을 이야기한다. 모든 현상이 앞을 향해 순차적으로 나아간다고 말한다. 그런데 2연에서는 "시간은 거꾸로 갑니다 / 시간은 여럿입니다"라고 반대로 말한다. 어제의 얼굴이 엊그저께를 향해 뛰어넘고 기차가 거꾸로 달리고 가로수도 거꾸로 빠른 걸음을 옮기고 떨어진 사과 한 알이 다시 나무에 매달리는 일을 제시한다. 물론 이런 일은 실제로 일어나지 않지만 인간의 의식 속에서는 얼마든지 상상할 수 있는 현상이다. 시간은 의식에 의해 얼마든지 변환될 수 있고 상황도 생각에 따라 얼마든지 바뀔 수 있음을 나타낸 것이다.

3연에서는 말하는 주체가 시간이 되어, "나는 시간입니다

/ 나는 스스로 쪼개지는 몸입니다"라고 말하며 시간이 언술을 주도하고 시간이 분화될 수 있음을 직접 언급한다. 몸이 여러 개로 분화되면 시간도 거기에 맞추어 분할된다고 말한다. 사물도, 시간도 일정한 것은 없다. 많은 사람을 먹이고도 남을 오병이어五餠二魚의 기적을 기대했지만, 그러한 영원한 시간은 어디서도 찾을 수가 없었다. 절대자 '당신'은 "가지도 않고 오지도 않는" 진정하고 영원한 시간성을 지니고 있다. 그러나 인간은 분화된 시간에 얽매어 "가기 위해서 오고 또 왔기 때문에 가야" 하는 인과의 연쇄를 보일 수밖에 없다. 절대의 시간은 영원한 것인데 인간은 시계에 바늘을 만들어 시간을 분해하고 계측하는 삶을 살고 있다. 시인은 이 점을 질문하고 인간의 한계에 대해 탄식하지만 해결책은 없다. 영원한 시간인 당신에게 이르는 길을 자문하며 자신의 번민을 시간에 의탁하여 표현할 뿐이다. 이 시는 우화의 형식을 빌리지 않고 시간의 유한성과 절대적 존재의 영원성 문제를 관념적으로 서술했다. 그만큼 시간과 관련된 삶의 문제가 시인에게 절박한 화두로 다가왔음을 알 수 있다.

모친의 타계를 소재로 시를 쓸 때에도 감상의 어법을 배제하고 시간의 문제에 대한 질문을 도입한다. 다음 시는 우화 형식을 약간 도입하여 관조를 위한 마음의 거리를 유지하고 있다. 어머니의 임종을 이야기하기 위해서는 감정의 거리가 필요했던 것이다. 그 거리 유지에 시간에 대한 성찰이 중요한 기능을 한다. 2부 '오늘이 그날이다'의 맨 앞에 놓인 작품이다. 김종철 시인은 세 단락의 시를 즐겨 구성했는데, 이 시도 세 단락으로 되어 있다.

어린 시절, 어머니에게 물었습니다
내일은 언제 오나요?
하룻밤만 자면 내일이지
다음 날 다시 물었습니다
오늘이 내일인가요?
아니란다 오늘은 오늘이고 내일은
또 하룻밤 더 자야 한단다

고향에서 급한 전갈이 왔습니다
어머니 임종의 이마에
둘러앉은 어제의 것들이 물었습니다
애야 내일까지 갈 수 있을까?
그럼요 하룻밤만 지나면 내일인걸요
어제의 것들은 물도 들고 간신히 기운도 차렸습니다

다음 날 어머니의 베갯모에

수실로 뜨인 학 한 마리가 날아오르며 다시 물었습니다

오늘이 내일이지?

아니에요 오늘은 오늘이고

내일은 하룻밤이 지나야 해요

더 이상 고향에서 급한 전갈이 오지 않았습니다

우리 집에는

어머니는 어제라는 집에

아내는 오늘이라는 집에

딸은 내일이라는 집에 살면서

나와 쉽게 만나는 법을 알고 있기 때문입니다

—「만나는 법」 전문

첫 단락은 어린 시절의 이야기다. 사실은 매일 오늘만 볼
수 있을 뿐인데, 우리는 내일이 언제 오느냐고, 하룻밤만 자
면 내일이냐고 되묻곤 했다. 어린 시절 우리의 관심은 내일
에 있었다. 내일이면 또 무슨 새로운 일이 생기리라. 내일이
면 아버지가 오신다고 했고, 선물로 새 신이 생기리라. 내일
이면 또 무엇이 있으리라. 그런 기대를 갖고 하루하루를 보

냈다. 그러나 어른이 되면서 우리에게는 내일이 없고 오늘만 남았다. 오늘 하루를 살아남는 것이 우선이고 오늘 하루를 버텨야 내일을 맞을 수 있다. 그러한 사연은 그의 시 '오늘이 그날이다' 연작에 선명한 어법으로 표현되어 있다. 여하튼 1연은 우리가 어린 시절 흔히 겪던 이야기를 축으로 하여 현재의 상황으로 우리를 안내하는 우화적 가교 역할을 한다.

둘째 단락은 어머니를 떠나보내는 임종의 현장이다. 죽음을 앞둔 어머니의 베갯머리에 어제와 오늘과 내일이 머물고 있다고 시인은 상상한다. 어제까지 살아온 어머니가 지금 막 세상을 떠난다면 어머니에게는 오늘은 없고 어제까지만 존재한다고 할 수 있다. 그런 점에서 어머니는 어제의 시간 속에 놓여 있다. 나와 가족들은 오늘을 지나 내일 이후도 계속 존재하게 될 대상들이다. 죽음과 삶은 오늘을 경계로 어제와 내일로 갈라지게 된다. 그러니 어머니 임종의 이마에는 '어제의 것'들이 둘러앉아 있다. 죽음이 임박한 어머니에게 어찌 내일이 있을 수 있겠는가? 어머니는 어제의 시간 속에 존재하고 어제의 시간을 살고 있다. 이런 상황 속에서 "애야 내일까지 갈 수 있을까?"라는 어머니의 물음은 애처롭고, "그럼요 하룻밤만 지나면 내일인걸요"라는 아들의 대답은 더욱 애절하다.

그 문답은 철없던 어린 시절 모자가 정겹게 주고받던 내용의 시간적 역전을 보여주는 것이기에 삶의 아이러니를 새롭게 각인시킨다. 아이였던 내가 어른이 되고 어머니는 다시 아이가 되어 내 옆에 누워 계신 상황이다. 시간의 흐름은 이렇게 존재자의 위상을 바꾸어 놓는다. 삶의 아이러니는 다음 날 어머니가 세상을 떠나는 장면에서 더욱 선명하게 부각된다. 어머니의 죽음을 베갯모에 수실로 뜨인 학 한 마리가 날아오르는 것으로 묘사한 대목은 가슴 뭉클한 감동을 불러일으킨다. 베갯모에 수실로 뜨인 학의 이미지는 그의 등단작 「재봉」에 나왔던 아내가 수실로 뜨던 영원한 꿈의 무늬의 재현이다. 이십 년의 세월을 건너뛰어 영원한 꿈의 무늬가 재창조된 것이다. 그는 아름다운 환상의 이미지를 이십 년 넘게 간직했다가 어머니 임종 장면에 학이 날아가는 이미지로 화사하게 펼쳐놓았다.

셋째 단락은 현재의 일상적 상황을 보여주었다. 어머니이건 누구건 아무리 소중한 사람이 세상을 떠났다 하더라도, 떠나는 그 순간에는 영원히 못 잊을 것처럼 비통해하지만, 시간이 지나면 일상의 삶 속에서 모두 어제의 일로 잊히고 만다. 일상의 시간에는 늘 오늘이 중요하다. 어머니는 어제의 시간 속에 봉인되어 추억의 표상으로 남는다. 죽은 사람은 오늘이나 내일에 대해 물을 권리도 없다. 세상을 떠났다고 하지만 그는 오늘의 시간을 떠나 내일로 간 게 아니라 오늘의 시간에서 어제의 시간으로 이동해 간 것이다. 오늘은 산 자의 시간이다. 고향도 오늘의 삶을 살고 있기에 시간 속에 봉인된 어제의 사람에 대해 알리는 전갈은 올 리가 없다. 화자는 아직 어머니를 잊지 못했다. 그래서 그는 편의에 따라 세 집을 들락거린다. 어머니를 만나고자 하면 어제의 집에서 만나고, 아내는 오늘의 집에서 수시로 만나고, 내일의 희망을 기대하며 사는 딸들은 그들이 좋아하는 내일의 집에서 만나면서 심리의 균형을 취하고 있다. 과거, 현재, 미래라는 시간의 세 차원이 인간 존재 양태의 세 국면으로 안배된 데 이 시의 묘미가 있다. 시간에 대한 존재론적 탐구가 생활의 국면과 접합되면서 관념을 현실화하는 독창적 창조에 성공했다.

우리들이 겪는 육친의 사별과 그 후 이어지는 일상의 삶에 대해 이렇게 담담하게 서술하면서도 정곡을 찔러 표현하기란 결코 쉬운 일이 아니다. 어제와 오늘이라는 일상의 시간을 통해 죽음과 삶을 구분 지으며 그 사이에 모친의 사별이라는 기막힌 사연을 배치하는 수법, 세상을 살아가는 세대 간의 삶의 차이를 일상적 시간의 세 차원과 관련지어 간명하게 표현하는 수법은 그가 수사적 재치나 언어의 세공만으로 시를 쓰는 시인이 아님을 단적으로 드러낸다. 그의 시간에 대한 탐구는 존재의 심연을 향해 진지한 행보를 계속했다.

그렇다, 오늘이 그날이다
우리가 태어나고 죽고 슬퍼하고
눈물짓는 그날이다
사랑하고 기도하고 축복받는 그날이다
오늘이 어저께의 어깨를 뛰어넘고
내일의 문 앞에 당도했을 때
우리는 꿈만 꾸었었다
오늘이 그날임을 알지 못했다

나를 거둬 가는 그날인 줄을
내 낟알을 털어 골라 두는 그날인 줄을
나를 넣고 물을 부어 밥솥에 끓이는 그날인 줄을
나를 숟가락으로 떠먹으며 씹는
그날인 줄을 알지 못했다
그리하여 어떤 이는 소리 내어 울고
어떤 이는 술 마시며 욕질하고

어떤 이는 무릎 꿇고 연도하는 그날인 줄을

언제 우리가 오늘 이외의 다른 날을 살았더냐
어째서 없는 내일을 보려 하였더냐
어제는 오늘의 껍질이요 내일은 오늘의 오늘이다
모든 것이 오늘 함께
팔짱 끼고 가는 것이 보이지 않느냐
오늘이 그날이다

—「오늘이 그날이다 1」 전문

우리의 운명은 어떤 것일까? 우리는 왜 세상에 태어났고 왜 이 세상을 살며 나중에 어디로 가는 것일까? 문명의 세례를 받지 않은 열대지방의 원시적 삶에 동경을 가진 화가 폴 고갱이 남태평양 타히티섬으로 갔다. 그러나 그곳에서도 고독과 우울을 이기지 못했던 그는 병마와 우울증에 시달리며 마지막으로 사력을 다해 최후의 작품을 남겼다. 그 작품이 「우리는 어디에서 왔으며, 우리는 누구이며, 우리는 어디로 가는가?」이다. 자유분방하게 살던 열정의 화가도 삶의 마지막 단계에서는 실존적 질문을 던졌다. 이 질문도 결국은 과거, 현재, 미래라는 시간의 진행에 대한 물음이다. 김종철 시인은 과거, 현재, 미래 중 오늘이 중요하다는 의견을 당당히 내세운 것이다.

이 시의 문맥에 의하면, 어느 먼 과거에 우리의 운명이 창조된 것이 아니며, 어느 먼 미래에 우리의 심판이 정해진 것이 아니다. 오늘이 우리가 창조된 날이며 오늘이 우리의 심판의 날이다. 오늘밖에 없는 것이다. 그러니 오늘을 충실하게 사는 것이 피조물인 인간에게 가장 합당한 일이다. 오늘 술 마시고 욕질했다고 내일 심판받는 것이 아니다. 오늘의 일로 오늘 심판받는 것이다. 오늘을 통해 존재의 정면을 투시하려 한 그의 의식은 타오르는 불길 같고 솟아나는 분수 같다. 좌고우면할 것 없이 모든 것이 오늘 바로 결판난다는 이 산뜻한 논리는 못의 상징과 유사하다. 그가 힘써 개척한 못의 상징은 어느 날 갑자기 솟아오른 것이 아니라 이런 성찰과 탐구의 과정에서 점진적으로 형성된 것이다.

"오늘이 그날이다"라는 선언에는 존재의 모든 것을 현재의 삶에 투사하겠다는 단호한 의지가 담겨 있다. 우리는 미래의 어느 날 심판의 날이 오리라는 생각에 오늘 벌이는 행동에 대한 판단을 유예한다. 현재의 행동에 대한 가치 판단을 뒤로 미루는 것이다. 그러나 태어나고 죽고 슬퍼하고 눈물짓는 오늘이 곧 심판의 날이라면 문제가 달라진다. 오늘의 모든 것이 사랑하고 기도하고 축복받는 그날이라는 생각으로 최선을 다해야 옳았던 것이다. 그러나 우리는 그러지 못했다. 뒤늦게 오늘이 그날임을 알고 탄식하고 뉘우치는 것이 인간의 삶이다. 그래서 어떤 이는 소리 내어 울고 어떤 이는 술 마시며 욕질하고 어떤 이는 무릎 꿇고 연도한다. 결별의 장소인 장례식장에서 볼 수 있는 풍경이다. 그것은 행차 뒤의 나팔과 같은 것이다.

현재의 삶이 심판의 그날임을 알고 미래의 모든 것이 결국 "오늘의 오늘"인 줄을 알고 살아야 희망이 있고 구원이 있다. '우리는 어디에서 왔으며, 우리는 누구이며, 우리는 어디로 가는가' 이전에 '오늘이 그날'임을 알아야 구원이 있다는 것이다. 여기에는 신앙에 바탕을 둔 강렬한 윤리 의식이 내포되어 있다. 이것이 진정한 신앙인의 자세가 되어야 함을 그는 우화의 화법으로 지나가듯 말했다. 그가 시인이기에 윤리적 강렬함을 의도적으로 억제한 것이다. 그런 의미에서 이 시는 신앙인의 진심을 담은 매우 중요한 작품이다. 그는 술 마시고 웃고 떠드는 일상의 상황에서도 정도를 추구하는 신앙인의 자세를 잃지 않으려 한 것이다. 신의 뜻으로 태어난 우리가 오늘 무엇을 해야 하는지를 늘 성찰하고자 했다. 그는 늘 남이 따르지 못하는 재담과 폭소로 좌중을 휘어잡았다. 그러나 그 폭소와 재담이 그의 진면목이 아니며 그 떠들썩한 난장 뒤에 남모를 기도와 묵상의 시간이 가로놓여 있었다는 사실을 우리는 알아야 한다. 그러한 묵상과 자성의 시간 속에 「못에 관한 명상」 연작이 창작된 것이다.

제4시집 『못에 관한 명상』과 제5시집 『등신불 시편』

'못'의 시와 존재 탐구의 길

1. '못'의 일상적 상징성

김종철 시인의 네 번째 시집 『못에 관한 명상』(1992)은 그가
천착해 온 주제를 심화시켜 새로운 경지를 열어 보인 야심적
작품집이다. 이 시집을 관류하는 자세는 자신의 실체를 파악
하려는 탐색의 정신이다. 그는 눈을 크게 뜨고 자신의 존재를
관류하는 주변의 관계와 자신의 위상과 앞으로의 지향 등 모
든 것을 관찰하고 사유한다. 그런 과정을 거쳐 시인은 자신의
실상이 "가장 하찮은 녹슨 못"임을 인식한다. 그만이 못이 아
니라 우리 모두가 다 하나의 못이라는 사실을 발견한다. 자신
있게 큰소리치며 자기를 내세우는 사람은 커다란 대못이고

무엇인가 뒤틀려 불만의 표정을 짓는 사람은 잘못 박힌 굽은 못이다. 못은 박혀야 할 자리가 있고 바른 모양으로 박힐 때 제 기능을 발휘한다. 잘못 박힌 못은 오히려 거추장스럽고 뽑힌 다음에도 흉한 자국을 남긴다. 제대로 박힌 큰못은 물체를 든든히 지탱하고 잘못 박힌 굽은 못은 균열과 분쇄를 일으킨다. 우리가 살아가는 삶의 양태가 이와 같다. 못은 인간의 존재 양상을 그대로 반영하는 상징적 기표가 된다.

자신의 실체를 들여다보려는 노력은 인간에 대한 성찰로 이어지고 그것은 다시 인간들이 살아가는 세계에 대한 관심으로 확장된다. 현실은 인간에게 고통을 주면서도 때로는 살아가는 보람도 느끼게 한다. 시인의 어린 시절 과거의 삶은 전후의 폐허와 함께 황량한 풍경으로 떠오른다. 그러나 그 폐허와 같은 빈곤한 삶 속에 오히려 발랄한 생명력과 삶의 의욕이 솟구치기도 했다. 삶은 어느 경우에나 자책과 기대의 이중적 의미를 우리에게 부여한다. 못의 상징성도 이와 유사하다. 과거의 삶의 과정에 잘못된 못처럼 박힌 자국은 상처처럼 남아 자신에게 자책감과 죄의식을 불러일으킨다. 그러나 그 죄의식으로 하여 인간은 성숙해지고 정화될 수 있다. 그러므로 인간에게 상처로 남은 '못'은 형벌이자 구원이며 저주이자 축복이다. 이러한 못의 상징성을 새롭게 발견하면서 김종철 시인은 자신의 실존 세계를 보는 독특한 시선을 획득했다.

이 시집의 또 하나의 강점은 이러한 심각한 주제를 가벼운 터치로 접근해 간 표현의 묘미에 있다. 못은 우리가 일상에서 자주 사용하는 물건이다. 시인은 못이라는 친근한 사물을 매개로 해서 생의 의미와 자아의 위상을 성찰하고자 했다. 어려운 철학적 담론이 아니라 평범한 사물을 비유의 매개물로 삼아 사람이 걸어가는 일상적 행로의 의미를 탐색한 것이다. 여기에는 세 번째 시집의 특징이었던 우화 형식이 도움을 주었다. 우화 형식을 도입함으로써 존재를 탐구하되 관념적 색채를 지우고 가벼운 유머와 우회의 어법으로 존재의 실상을 탐구해 갔다. 이러한 방법을 통해 우리가 지나쳐 온 일상의 대상들이 그의 시에서 어떤 암시와 깨우침을 주는 의미 있는 대상으로 전환된다. 요컨대 이 시집은 존재 탐구의 과정을 통해 다층적 상징을 창조하는 성과를 보였다.

못을 뽑습니다
휘어진 못을 뽑는 것은
여간 어렵지 않습니다
못이 뽑혀져 나온 자리는

여간 흉하지 않습니다

오늘도 성당에서

아내와 함께 고백성사를 하였습니다

못 자국이 유난히 많은 남편의 가슴을

아내는 못 본 체하였습니다

나는 더욱 부끄러웠습니다

아직도 뽑아내지 못한 못 하나가

정말 어쩔 수 없이 숨겨 둔 못대가리 하나가

쏘옥 고개를 내밀었기 때문입니다

—「고백성사—못에 관한 명상 1」전문

　　이 시의 의미에 대해서는 많은 사람들이 다양한 해석을 했기 때문에 반복적인 언술은 피하기로 한다. 다만 우리는 이 시에서 세 개의 시어에 주목할 필요가 있다. 그것은 '휘어진', '오늘도', '더욱'이라는 세 시어다.

　　못이 휘어지는 현상은, 박을 때 잘못 박았거나, 시간이 많이 경과되어 형태의 변형이 생겼거나, 이전에 뽑아내려 했는데 제대로 뽑히지 않은 경우에 생긴다. 세상을 살면서 사람들은 여러 가지 잘못을 저지르기도 하고 뜻하지 않은 일로 상처를 받기도 한다. 때에 따라서는 잘못을 즉시 바로잡기도

하지만, 대개의 경우 잘못을 바로잡을 기회를 놓쳐 그냥 과거의 아픔으로 가슴에 묻어 둔 채 세월을 보내는 수가 많다. 오랜 시간이 지나면 자신이 어떠한 잘못을 저질렀는지 잊히기도 하지만, 아련한 기억 속에 죄의식이 상처로 남아 있다가 뜻하지 않은 경우에 날카롭게 솟아오르기도 한다. 지금 시인은 휘어진 못을 뽑으려 한다. 휘어진 못이기 때문에 뽑혀 나온 자리에 지저분한 흉터가 생긴다. '휘어진'이라는 말 속에는 자신의 삶에 대한 반성적 인식과 반성을 통해서도 자신의 상처가 완전히 치유되지 않으리라는 안타까움이 배어 있다.

'오늘도' 성당에서 고백성사를 하였다는 말은 그의 속죄가 하루 이틀에 끝날 것이 아니라 거의 매일 반복되는 차원의 것이고 앞으로도 그렇게 지속될 것이라는 사실을 암시한다. 도대체 그는 무슨 죄의식과 상처가 그렇게 많아 계속해서 고해를 행한단 말인가? 여기에는 세상의 작은 상처에도 몸 둘 바 몰라 하고 사소한 오점이라도 그것을 자신의 내면에서 정화하려고 하는 시인의 민감한 자의식이 도사리고 있다. "못자국이 유난히 많은 남편의 가슴"이라고 했지만 그것은 사실 자체의 지시가 아니라 민감한 자의식의 광선에 감응된 내면의 형상일 따름이다. 시인은 스스로 상처와 오점이 많다고 생각하고 그것을 알고 있는 것은 그와 생활을 같이하는 아내인 것이다. 아내는 그 사실을 알면서도 남편을 위해 모른 체하고 지낸다. 중요한 것은 그 사실을 남편인 시인이 이미 알고 있다는 점이다. 그는 이만큼 섬세한 눈길을 지니고 있다. 좌중을 압도하는 추진력으로 호쾌하게 모임을 이끌어 가는 그의 내면에는 이토록 섬세하고 예민한 시인적 감성이 자리 잡고 있는 것이다.

'더욱'이란 말도 이와 유사한 의미를 지닌다. 못 자국이 유난히 많은 남편의 가슴을 보고도 못 본 체하는 아내의 태도에서 그는 '더욱' 심한 부끄러움을 느낀다. 일반적으로 사람들은 그러한 아내의 반응에 안심을 하거나 위안을 얻거나 하는데 그는 거꾸로 더 큰 부끄러움을 느끼는 것이다. 그것은 '어쩔 수 없이 숨겨 둔 못대가리 하나'가 가슴에 감추어져 있기 때문이다. 어쩌면 아내의 너그러운 반응 때문에 깊이 감추려 했던 못 하나가 고개를 내민 것인지도 모른다. 일반적인 경우 사람들은 가슴에 감추어 둔 크고 작은 못이 여러 개가 있고, 그것이 겉으로 드러나지 않기만을 바랄 뿐, 뽑아낼 생각은 하지 않고 산다. 만일 아내에게 숨겨둔 못이 발각될 경우에는, 그것은 못이 아니라 작은 압핀이라고, 이렇게 쉽게 뽑히지 않느냐고 둘러댈 것이다. 그런데 김종철 시인은 날마다 못을 뽑아가며 살고, 못 자국이 유난히 많은 것 때문에 부끄러움을 느끼고, 숨겨 둔 못 하나가 있다는 사실 때문에 더욱 괴로워한다. 사정이 이러하므로 그는 '못의 사제'가 될 자격이 충분하다.

마흔다섯 아침 불현듯 보이는 게 있어 보니
어디 하나 성한 곳 없이 못들이 박혀 있었다
깜짝 놀라 손을 펴 보니
아직도 시퍼런 못 하나 남아 있었다
아, 내 사는 법이 못 박는 일뿐이었다니!
ㅡ「사는 법ㅡ못에 관한 명상 6」 전문

이 시는 "인간은 못이다"라는 명제의 선언이다. "흠 없는 영혼이 어디 있으랴"라고 노래한 시인이 랭보라면 "못 자국 없는 인간이 어디 있으랴" 또는 "못 아닌 인간이 어디 있으랴"라고 노래한 시인은 김종철이다.

조숙한 천재 시인 랭보의 유명한 시구, "계절이여, 성곽이여, 흠 없는 영혼이 어디 있으랴"에서 "흠"에 해당하는 원문 어구는 "défauts"다. "défauts"는 결함, 결핍 등의 뜻을 지닌 말이다. 그러니까 "흠 없는 영혼이 어디 있으랴"라는 말은 쉽게 말하면 완벽한 영혼은 없다는 뜻이다. 인간은 불완전한 존재다. 우리들은 크고 작은 잘못을 저지르면서 산다. 이것은 지극히 당연한 일이다. 그런데 인간은 반성적 사고 능력을 갖추고 있다. 이것 역시 인간만이 지닌 지극히 인간적인 능력이다. 우리가 저지르는 잘못은 내면적이고 정신적인 경우가 더 많다. 이 경우에는 도덕적 판단과 윤리 의식이 중요한 역할을 한다. 문학은 인간의 내면에 도사리고 있는 미세한 과오의 흔적, 영혼의 상처에 관심을 갖는다. 그 상처는 타인의 것일 수도 있고 자신의 것일 수도 있다. 내면적 묵상의 특성을 지닌 시의 경우 자신의 상처에 더욱 민감한 반응을 보인다.

우리는 여기서 시가 무엇이고 시인이 무엇인가를 원론적인 차원에서 자문해 볼 필요가 있다. 본질적인 차원에서 생각하면 시인은 직업이 될 수 없다. 시인은 언어를 통해 무언가를 창조하고 싶어 하는 본능적 원초적 능력을 가진 존재다. 그는 인간에게 주어진 언어라는 위험한 재보財寶를 가지고 절대의 세계를 탐구하는 존재다. 우리의 『삼국유사』에는 수로부인 이야기에 견우노옹牽牛老翁이 등장한다. 수로부인이 절벽 위의 꽃을 보고 예쁘다고 했더니 소를 끌고 가던 노인이 다람쥐처럼 기어올라 꽃을 따서 바쳤다는 이야기다. 그리스 신화에는 죽어서 저승에 간 아내를 구하기 위해 현악기인 리라를 연주하며 지옥으로 향한 오르페우스의 이야기가 나온다. 내가 보기에 이 인물들이 시인의 표상이다. 죽음을 염두에 두지 않고 미인을 위해 절벽에 기어올라 꽃을 따서 바친 견우노옹, 리라 하나를 방패 삼아 잃어버린 짝을 찾아 저승 끝판으로 여행했던 오르페우스, 그들의 후예가 시인들이고 예술가들이다.

사랑의 마성에 휘감긴 존재들, 생의 매혹에 도취되어 죽음마저 잊어버린 존재들, 절대의 세계에 도달하기 위해 세속의 잡동사니는 내동댕이치는 사람들, 그들이 시인이고 예술가다. 본질적이고 원론적인 차원에서 생각하면 그렇다. 김종철 시인은 존재 탐구의 위험한 자리에 '못'이라는 상징적 사물을 들고 발을 디딘 것이다. '못의 사제'라는 말은 언어가 '위험한 재보'라는 말처럼 극단적 추구의 절대성을 전제로 한다. 절대 탐구는 한번 발을 디디면 후퇴는 없다. 생명이 끝나는 그 순간까지 탐구의 전진만이 있을 뿐이다. 이 위험한 길에 김종철 시인은 '못'을 들고 가담했다. 그리고 그는 생명이 소진되는 그날까지 그 행보를 멈추지 않았다. 본질적인 의미에서 그가 시인이고 예술가라는 증거다.

못과 망치는 늘 붙어 다니는 법이니 인간은 못을 치는 망치이기도 하고 망치에 박히는 못이기도 하다. 인간은 고통을 주고받는 존재이며 상처를 서로 확인하는 존재다. 고통과 상처를 인지하면 인간은 그것을 덜어내거나 거기서 벗어나기 위해 노력한다. 살다 보면 못에 박히는 것을 피할 수 없지만 못을 계속 빼려고 하는 존재가 인간이며, 못이 박혔던 상처를 지우려고 평생 노력하는 존재가 인간이다. 인간의 몸과 마음에서 못을 발견할 수 있는 존재도 인간이다. 그래서 시인은 훗날 "나의 망치질 소리는 / 살아 있다는 슬픈 축복입니다"(「눈물의 방」, 『못의 귀향』 수록)라고 노래했다. 인간만이 죄의식을 인지하고 거기서 벗어나려는 노력을 벌인다는 사실의 발견은 매우 중요한 의미를 지닌다. 여기서 김종철 시인의 존재 탐구는 새로운 국면으로 접어든다.

2. 존재 탐구를 위한 성찰의 자리

"인간은 못이다"라는 명제가 일반론이라면 "나는 못이다"라는 명제는 개체론이다. 일반론을 해결하기 위해서는 개별적 사실부터 검증을 해야 한다. 말하자면 인간 일반이나 타인을 보는 시선이 자기 자신의 문제로 회귀되어야 한다. 자신이 태어난 자리, 지금까지 살아온 내력, 희로애락의 사연들, 현재 처한 정신의 위상 등을 살펴보고 자신의 본모습을 확인할 때 비로소 인간이란 무엇이며 삶이란 무엇인가에 대해 미약한 결론이라도 내릴 수 있는 것이다. 「못에 관한 명상」 중 과거 회상시편은 그런 탐색의 과정을 보여주는 작품들이다. 이 과거의 탐색은 어릴 적 경험한 가난에 대한 문제를 중심으로 전개된다.

앞에서 우리는 김종철 시인이 현실의 가난과 그에 대한 고통에 관심을 보인 것을 확인하고 그와 관련된 몇 편의 작품을 검토했다. 못 연작 중에서도 「소인국의 꿈―못에 관한 명상 4」는 「밥에 대하여 1」, 「밥에 대하여 2」, 「편한 잠을 위하여」 등의 시에 나타난 현실의 고통과 가난의 문제와 연결되어 있다. 이 시는 재개발 지역 사람들을 소인국 사람으로 비유하면서 여러 가지 모양의 작은 못이 모여 한 울타리를 이루고 있음을 이야기한다. 30대의 시처럼 그들에 대한 정서적 연민을 표현하거나 성서의 일화를 관련지어 해석하지는 않지만, 가난이 주는 현실의 고통에 대해 분명한 표현을 한 것은 사실이다. 이 가난의 문제가 과거 회상 시편의 중심을 이루는 것을 볼 때 성장기에 겪은 가난 체험이 그에게 정신의 외상으로 자리 잡아 의식을 지배해 왔음을 알 수 있다. 이 단서를 제공해 주는 작품이 시집의 2부 '몽당연필' 앞부분에 수록되어 있는 과거 회상 시편이다.

「천막 학교―못에 관한 명상 20」은 6·25전쟁 직후 바다가 보이는 가설 천막 학교에 다니다 미군이 철수한 건물로 이사 해서 경험한 사건을 이야기한다. 어릴 때는 이해할 수 없었 던 기이한 일들이 어른이 되어 과거를 회상하게 되면서 그 윤곽을 파악하게 된 것이다. 그 황폐한 상황에서의 기이한 경험이 결국 전후의 가난 때문임을 암시한다. 이후 '못에 관 한 명상' 연작 21편부터 24편까지 주동 인물로 등장하는 '주 팔이'가 당시의 가난한 상황을 대변하는 역할을 수행한다.

주팔이는 키는 작았지만 또래보다 일찍 깨인 데가 있었다. 서울서 피란 온 아이들을 앞장서서 놀리는 현실감이 있었고, 미국 놈 물건은 무엇이든 크다고 감탄하는 조숙함이 있었다. 미군에게 얻어먹은 초콜릿과 껌의 달콤한 맛에 도취되어 주 팔이는 그들의 똥도 먹을 수 있다고 허풍을 쳤다. 가난했지 만 팔팔했던 주팔이는 해군이 되는 것이 꿈이었는데 중학교 에 진학하지 못하고 동네 이발소 '시다'로 취직을 했다. 학교 를 다니지 않고 자기가 일을 해서 돈을 번 주팔이는 어느 날 완월동 사창가에서 콘돔을 사용해 봤다며 자랑삼아 말했다. 더 나이가 들자 주팔이는 외항선 청소부가 되어 어디론가 떠 나갔다. 그 이후 주팔이를 본 적이 없지만 화자는 주팔이를 눈물 어린 추억의 대상으로 호명한다. "교정 유리창에 얼비친 바다 하나가 / 눈물처럼 매독처럼 번지고 있었다 / 내 사랑하는 친구, 살짝곰보 주팔이는"이라는 마지막 시행이 연민 어린 그리움을 단적으로 드러낸다. 주팔이는 시인의 가난한 어린 시절을 대변하는 자신의 분신이기에 이렇게 호명된 것이다. 주팔이는 어린 화자의 선망의 대상이자 부정의 아이콘이다. 이 모든 회상과 편력이 자신의 실체를 찾기 위한 노력의 과정이다.

그런데 나를 찾는다는 것, 자신의 실체를 확인한다는 것은 그리 간단한 문제가 아니다. 흠 없는 영혼이 없듯 자기가 누구인가를 아는 영혼도 없다. "인간이 무엇이며 삶이란 무엇인가"라는 문제가 어려운 것 이상으로 "나라는 존재는 무엇인가"라는 문제도 대답하기 곤란하고 난처한 질문이다. 내가 가장 잘 안다고 생각하는 '나'가 때로는 낯선 타인처럼 생소하게 느껴질 때가 있다. 다음의 시는 그러한 경험을 형상화한 것이다.

네가 무서워
무작정 도망만 다녔다
늘 한 발짝 앞서 일어나고

꿈속에서도 멀리 떨어져 있기 위해

빨리빨리 걸었다

이제 나이 들고 사는 데 지쳐

네가 잡아먹든 말든

천천히 걷고 천천히 숨고 천천히 숨쉬었다

"네가 잡아먹든 말든"

너도 늙었는지 천천히 따라왔고

천천히 생각해 주는 것 같았다

그래 이제는 네가 누군지 보고 싶었다

너·를·보·기·위·해

오늘 처음으로 뒤돌아보았다

한평생 그토록 무서워 달아났던 내가!

오, 내 뒤로 숨는

비겁하게 등을 돌리는 너는?

—「네가 무서워—못에 관한 명상 15」 전문

타인에 대한 서술처럼 되어 있는 이 시의 '너'는 자기 자신의 분신에 해당한다. 이상이 거울에 비친 자신의 또 다른 모습을 "거울 속의 나"라고 지칭했듯이 시인은 자신이 확인하고자 하지만 모습을 드러내지 않는 자신의 숨은 실체를 '너'

라고 지칭했다. 그런데 네가 왜 무서운가? 분명 자신의 모습이기는 한데 그 정체를 알 수 없다면 그것이야말로 두려운 대상이 될 것이다. 타인을 모른다고 할 때는 남이니까 모른다고 생각하면 된다. 그러나 내 마음대로 움직이는 나 자신을 내가 모른다고 하는 것은 사실은 두려운 일이다. 자기가 무엇인지 모르고 살아간다면 살아 있는 이 몸뚱이는 도대체 무엇이란 말인가? 그래서 그는 자신의 실체를 알기 위한 강렬한 열망에 휩싸인다. "너·를·보·기·위·해"라는 독특한 시행은 자신의 열망을 시각적으로 환기한다. 그러나 너는 모습을 드러내지 않고 내 뒤로 몸을 숨기고 비겁하게 등을 돌린다. 너와 나의 만남, 자신의 실체 파악은 이만큼 어려운 것이다.

「눈물 골짜기―못에 관한 명상 7」에서 시인은 자신의 내부에 배반자 유다의 모습이 도사리고 있다고 노래하여 죄의식과 참회 의식을 드러냈다. 자신의 실체가 무엇인지 알 수 없지만 어딘가 배반자 유다와 비슷한 데가 있다면 그것도 두려운 일이다. 자기도 모르게 주님을 배반하고 목을 매달아 참회하는 일이 생긴다면 얼마나 끔찍한 일인가. 「걸리버와 함께―못에 관한 명상 46」에서는 표류한 걸리버 이야기를 우화의 축으로 설정하여 현실에서 이탈된 이질적 존재로 자신을 표현했다.

 이러한 자신의 존재 파악, 존재론적 탐구의 종합 완결편이 「못—못에 관한 명상 13」이라고 할 수 있다. 이 시는 열 편의 시가 모여 한 편의 시를 구성하는 형식을 취한다. 그가 초기에 시도했던 장시 형식이 다시 나타난 것이니 야심적인 기획물이라 할 수 있다. 시의 문맥 안에서 인간 모두가 지닌 원죄의 심연을 못으로 상징하기도 하고, 하나님을 제대로 영접하여 섬기지 못하는 자신의 나태함을 못으로 참회하기도 한다. 자신의 모습을 예수 대신 풀려난 죄인 '바라바'로 설정해서 인간사의 어두운 국면을 고발하고 종교적 구원의 길이 멀리 떨어져 있음을 안타깝게 자인한다. 유다의 모습이 바라바의 모습으로 변형된 것이다. 그가 관찰하기에 자신의 내부에는 배반자 유다의 사악함이 있고, 베드로의 나약함도 있고, 바라바의 세속적 방탕도 있고, 표류한 걸리버의 이질감도 있다. 도대체 나의 실체는 무엇인가? 이에 대한 탐색의 행로는 멀고 고행은 끝이 없다.

3. 깨달음과 해방의 지평

못에 관한 명상을 하던 김종철 시인은 나이 오십이 되어 육체의 전환기를 맞자 세속의 성性과 종교적 깨달음이라는 두 가지 상반된 과제를 시의 주제로 삼아 새로운 탐구를 벌인다. 그 결과물이 다섯 번째 시집 『등신불 시편』(2001)이다. 이 시편에 등장하는 '소녀경'과 '등신불' 모티프는 그가 즐겨 사용한 우화 형식이 새롭게 변형된 형태다. 존재의 어려운 문제를 탐구하되 어깨의 힘을 빼고 농담하듯 가볍게 발화하는 형식이 시적으로 강화된 것이다. '못'을 소재로 한 그의 존재 탐구는 '못'에서 '음경'으로 전환되면서 인간의 성性과 관련된 존재의 문제를 다룬다. 중국의 고전적 성 교본서인 『소녀경』에서 여러 가지 일화를 끌어오고 있어서 익살과 해학이 개입하지만 인간의 본질적 조건을 탐구한다는 기본자세는 변함이 없다.

지천명에
소녀경을 읽었다
처음부터 끝까지 쉬어 가며 다 읽었다
나이 오십 되어
맨 처음 읽은 책이
하필이면 소녀경이라니!

소녀경을 경처럼 달달 외우기에는

한창 늦은 나이

돋보기 너머 소녀경의 앞섶을 펼쳐보니

바알간 젖꼭지가 보인다

한 열 명쯤 자주 여자를 바꿔 보라는

소녀경의 지침 따라 강을 건너다 보니

아직도 강 저편에는 뭇 사내들이

한 여인만 등에 업고 있었다

—「강 저편에서는—소녀경 시편 1」 전문

나이 오십에 공자는 천명天命을 알았다고 하는데 시인은
『소녀경』을 읽었다. 『소녀경』에서 시인이 발견한 것은 방중술
의 묘법이 아니라 일상적 성에 대한 환멸과 남녀 관계에 대
한 새로운 인식이다. 이제 불혹을 지나 지천명의 나이에 이
르렀으면 한 여자에 집착하지 말고 여러 여자와 자유로운 화
합을 나눌 만도 한데 뭇 사내들은 아직도 한 여자만 등에 업
고 강을 건너고 있다. 철저하게 관습적 성에 구속되어 살고
있는 것이다. 그렇다고 시인이 자유연애를 꿈꾸는 것은 아니
다. 남자들이 『소녀경』을 보는 것은 시드는 정력이 보강될 수
있는 길을 찾고자 함이다. 정력이 넘치고 남아도는 젊은 시

절에는『소녀경』따위를 볼 필요가 없다. 사람들은『소녀경』을 통해 성을 관장하는 존재가 되고 싶어 하지만 실제로는 성에 얽매인 노예가 되고 만다. 정말 성의 주인이 되고 싶으면『소녀경』따위를 떨쳐 버리고 성에서 해방되어야 한다. 성에 대한 집착이 오히려 인간을 성에 구속시킨다. 성에서 해방되려면 모든 존재를 평등하게 보는 대승적 시각을 얻어야 한다. 한 여인에 집착하면 성에 집착하게 되고 여러 여자를 평등하게 대하면 오히려 성에서 해방될 수 있다. 그는『소녀경』을 자유의 시각에서 새롭게 해석한 것이다.

돋보기 너머에 보이는 "바알간 젖꼭지"는 지천명의 시각에 들어오는 젊음의 때 묻지 않은 천진성이다. 이제 "바알간 젖꼭지"를 성애性愛의 대상으로 보지 않고 하나의 작은 꽃봉오리처럼 아름다운 형상으로 인식하고자 한다. 이런 경지에 이르면 못의 남근적 상징성은 사라지고 대상의 아름다움을 관조하는 새로운 눈이 열린다. 바알간 꽃봉오리 앞에 빳빳한 대못이건 늘어진 엿가락이건 그것이 무슨 의미가 있겠는가? 모든 여인을 평등하게 보고 그들의 고운 젖꼭지를 생명의 아름다움으로 관조하는 대승적 포용의 자세가 의미를 지닐 뿐이다.

아내도 오십을 바라본다

이제 아내 몸 구석구석 더듬기에도

소녀경처럼

페이지가 잘 넘어가지 않는다

어떤 때는 파본처럼 어머니가 나온다

나이 마흔에 과부가 되셨던 어머니가

아내 옆에 파본처럼 따라 눕는다

아내가 나를 길들이는 동안

어머니는 동정녀처럼 얼굴을 붉히고,

오르가슴 없이 내가 태어났던 자국을

아내는 숨긴다

그때마다 나는 배꼽에서 태어났다는

유년 시절 어머니의 말씀을

침 바르며 넘긴 제5장 임어편

갈피에 몰래 꽂아 두었다

    ―「파본처럼―소녀경 시편 3」 전문

    여러 가지 상징적 함유가 내포된 재미있는 작품이다. 김
종철 시인은 아내와 어머니를 대등하게 봄으로써 성에서 해
방되어 대자유를 얻었다. 아내를 통해 어머니를 보고 어머니

를 통해 아내를 확인한다는 것은 아내와 어머니를 대등하게 사랑하게 되었음을 의미한다. 그럴 때 아내는 성애의 대상이 아니라 생명 창조의 신비를 간직한 보물이 된다. 아이는 어머니의 배꼽에서 태어난다는 유년 시절의 말을 그대로 받아들여 아내의 몸을 어머니와 같은 생명 창조의 공간으로 감싸 안을 때 구질구질한 세속의 성에서 해방되어 자유의 세계로 해탈하는 순간이 온다. 시인은 어머니의 말씀을 완전히 육화하지는 못하고 책의 갈피에 '몰래' 꽂아 두었다고 했으니 완전한 해방에 이른 것은 아니다. 그러나 아내의 몸을 새롭게 볼 수 있는 언덕에는 올라섰으니 그러한 깨달음의 눈길을 갖게 된 것만도 대단한 경지에 이른 것이다.

이 시에서도 대상을 새롭게 볼 수 있도록 도와주는 존재가 어머니로 설정되어 있다. 그는 월남전을 소재로 한 작품에서 절박한 상황에서 어머니를 소환했다. 특히 「베트남의 7행시」에서 어머니의 사랑이 그가 세상에 남긴 사랑의 빚을 인지하게 했다고 표현했다. 아내의 해산을 소재로 한 「그날 밤 2」에서는 구원의 대상인 어머니와 생활의 대상인 아내를 병치하여 환유의 관계로 구성했다. '못'과 함께 그의 일생의 시작에 걸쳐 중요한 상징적 의미로 등장하는 존재가 '어머니'라는 점을 앞에서 여러 차례 언급했다. 「금요일 아침」에서는 어머니가 도회적 일상의 비애 속에 종교적 색채를 띠고 나타났다. 시작의 후기 단계로 올수록 어머니의 상징적 의미는 더 강화되면서 시작의 방향을 지시하는 지침이 된다. 이 시에서 어머니는 성에서 해방되어 자유를 얻게 하는 자애 보살의 역할을 맡았다. 그것을 반어적으로 '파본破本'이라고 표현한 데 이 시의 묘미가 있다.

4. 깨달음과 초월의 지평

가톨릭 신자인 시인이 중국 여행에서 색다른 체험을 했다. '소녀경'과는 차원이 다른 '등신불' 체험이다. 대승적 삶의 자세를 꿈꾸며 허망한 삶의 물굽이 속에서 그래도 무언가 대못처럼 견고한 버팀목을 찾으려 묵상할 때 중국 양자강 남쪽 구화산을 여행하게 되었다. 거기서 신라 왕자 김교각 스님의 등신불을 친견하게 된다. 김교각 스님의 등신불은 김동리의 소설 「등신불」에 나오는 것 같은 소신공양에 의한 등신불이 아니다. 육체의 힘이 소진되어 갈 때 스스로 항아리 속에 들어가 육신이 그대로 불상이 되는 독특한 방식의 등신불이다. 김교각은 신라 33대 성덕왕의 태자라고 하는데 서기 719년 24세 때 당나라로 건너가 지장이란 법호를 받았다. 그 후

75년 동안 중국 각지를 돌며 불도 수행과 중생 교화에 몸 바치다가 99세 되는 해 7월 30일, 스스로 항아리 속으로 들어가 입적했다고 한다. 그 후 3년 만에 항아리를 열어 보니 호흡과 심장만 멎어 있을 뿐, 생존 시의 모습 그대로였다고 한다.

이 김교각의 등신불은 전설만 전할 뿐 지금은 물론 볼 수 없다. 그것을 기념하는 사적과 등신불을 본뜬 보살상이 있을 뿐이다. 김종철 시인은 구화산 여행에서 이 전설과 사적을 접하고 삶과 죽음의 경계를 넘는 초월적 구도求道의 세계에 관심을 갖는다. 죽음과 삶의 경계를 넘어서는 일은 성에 대한 집착에서 벗어나는 것보다는 훨씬 단수 높은 것이어서 기도와 묵상을 실천하는 시인에게 깊은 각인을 남겼을 것이 틀림없다. 그는 등신불을 모티프로 해서 새로운 존재 탐구의 연작시를 쓰기 시작했다. 그의 시적 편력은 환상의 아름다움에서 현실 비판으로, 어린 왕자의 우화에서 못의 우화로, 소녀경의 우화를 거쳐 등신불의 우화로 비상해 간 것이다.

가족의 울타리 안에서 그는 평범한 가장이지만, 중학교 때부터 시를 써 온 시인이기에 존재 탐구의 작업은 멈출 수가 없었다. 지천명의 나이를 넘어서면서 삶의 문제만이 아니라 죽음에 대해서도 깊은 관심을 시로 표현하기 시작했다. 시인은 '등신불'을 통해 죽음의 문제를 더욱 적극적으로 표현했다.

그의 '등신불' 체험은 고도의 직관으로 자신의 죽음을 예비하고 죽음을 소환하여 시를 쓰게 한 중요한 계기가 되었다.

등신불을 보았다
살아서도 산 적 없고
죽어서도 죽은 적 없는 그를 만났다
그가 없는 빈 몸에
오늘은 떠돌이가 들어와
평생을 살다 간다
—「등신불—등신불 시편 1」 전문

이 시는 읽을수록 삶과 죽음의 의미를 곱씹어 보게 한다. 도대체 산다는 것은 무엇이며 죽는다는 것은 무엇인가? 진정한 나는 어디로 숨어 버리고 떠돌이나 허깨비가 들어와 나 대신 살고 가는 것이 생이 아닌가? 우리가 잘 아는 『장자』에 '호접몽'의 이야기가 나온다. 어느 날, 장자가 꿈에 나비가 되어 날아다녔다. 날아다니는 것이 유쾌하여 자신이 장자인 것을 까맣게 잊었다. 조금 뒤에 꿈에서 깨어 보니 자신은 현실의 장자였다. 이에 장자는 자신이 나비의 꿈을 꾼 것인가, 나비가 장자의 꿈을 꾸고 있는 것인가 자문했다. 장자와 나비

가 구분이 되지 않는 것 같지만 현실에서는 분명히 구분이
된다. 이것을 장자는 물화物化라고 설명했다. 현상적으로는
나비와 장자가 구분되지만 사물의 본질에 있어서는 대등한
존재라는 뜻이다. 장자의 이야기를 위의 시에 대입하면 숨
쉬고 생각하는 나와 생명 없는 등신불이 분명 구분되지만 사
물의 본질에 있어서는 등신불이나 나나 차이가 없다는 생각
이다.

  우리가 세상을 산다고 하지만 취생몽사醉生夢死의 상태로
산다면 진정으로 살았다고 말하기 어렵다. 죽었다고 해도 죽
음 다음의 경로를 알 수 없으니 죽었다고 말하는 것도 모순
이다. 산다는 것은 무엇이며 죽었다는 것은 무엇이란 말인
가. 아무것도 알 수 없으니 몸이 비어 있는 등신불이나 나나
다를 바가 없다. 우리가 산다는 것은 텅 빈 등신불에 떠돌이
가 들어와 평생을 살다 가는 것인지 모른다. 앞에서 본 「오늘
이 그날이다 1」에 의하면 모든 것이 오늘에 달렸으니 오늘 있
는 것은 산 것이고 오늘 없는 것은 죽었다 할 수 있으리라.
그러나 오고 가는 것 자체가 한갓 망상이라면 죽음과 삶을
나누는 것 또한 부질없는 일이 된다. 그러니까 '등신불' 체험
은 그의 가톨릭 신앙의 윤리 의식까지 흔들고 전도시키는 독
특한 작용을 했다. 위의 짧은 시는 이처럼 삶과 죽음이라는

존재론적 문제에 대해 많은 연상을 불러일으킨다. 그런 의미에서 앞에서 본 「사는 법—못에 관한 명상 6」과 함께 존재에 대한 상징성이 가장 뚜렷한 시라고 할 수 있다. 다음 시는 또 어떠한가.

등신불은 심심하다
온종일 앉아 있어 더욱 심심하다
이런 날에는 하릴없이
아랫도리의 연장을 만지작거리다가
인기척에 깜짝 놀라 눈만 감는다
그러나 때는 늦었다
숨겨둔 대가리 하나가 불쑥 불거져 나와
왼쪽으로 구부러져 있는 길 하나를 가리킨다
오, 세상의 똥구멍을!
—「심심하다—등신불 시편 4」 전문

시인의 상상력은 자못 기발하다. 이 시에는 '소녀경 시편'의 모티프도 있고 '못의 시'의 상징도 결합되어 있다. "아랫도리의 연장"이라는 말은 '소녀경 시편'과 연관되고 "숨겨둔 대가리 하나"라는 시행은 '못의 시'의 이미지와 통한다. 서로 다른 느낌의 두 이미지가 결합하면서 독특한 의미의 층을 새롭게 만들어 냈다. 화자는 이미 승과 속을 초월한 것 같고 현세와 피안을 함께 넘어선 듯하다. 수많은 불도들이 경배해 마지않는 구화산 등신불의 신비로운 성채를 무너뜨리고 갑남을녀의 범속한 차원으로 등신불을 끌어내린다. 실체도 찾을 수 없는 옛날의 전설에 기대어 절하고 복을 비는 것이 무슨 의미가 있겠는가. 이것은 아들 낳게 해 달라고 발원하는 아낙네 옆에서 목탁 두드리며 독송하다가 "이쯤 했으면 아이 하나 낳게 해줘" 하고 불상의 머리를 쥐어박던 옛 낙승落僧의 행적을 연상케 한다. 불도 못 땐 겨울 법당을 지키다 추위에 목불木佛을 장작으로 만들어 보온용으로 불살라 버린 대덕大德의 무애행無碍行을 떠오르게 한다.

김교각이건 누구건 육신이 말라붙어 꼼짝 못 하고 등신불이 되었다면, 그 얼마나 갑갑하고 심심할 것인가. 아무 일도 없이 진종일 앉아 있다가 등신불은 아랫도리를 만지작거린다. 어린 시절에는 손만 대도 대못처럼 빳빳해지던 그것을 만지작거리다 누군가 오는 기척이 나자 시침을 떼고 눈을 감는다. 그러나 그새 대가리를 내민 연장은 비죽 불거져 나와 무엇인가를 가리킨다. 그것이 가리키는 것은 왼쪽으로 구부러진 길이다. 그 길 끝에 '세상의 똥구멍'이 열려 있다.

이것이 상징하는 바는 무엇인가? 아무리 초월적인 것을 꿈꾸어도 사람은 비속한 세상을 벗어나지 못한다는 뜻일까? 아니면 진정한 깨달음이라는 것도 결국은 가장 낮은 세상의 밑바닥으로부터 비롯된다는 사실을 일깨우는 것인가? 비천한 세상의 실상을 알아야 세상의 가장 높은 지점도 알아낼 수 있는 것인지 모른다. 사람들이 아무리 깨끗한 척하고 잘난 척하지만 인간은 어머니의 사타구니를 통해 피를 뒤집어쓰고 태어났다. 어머니의 양수에서 눈감고 노닐다가 갑자기 밝은 세상으로 터져 나오니 막혔던 숨을 쉬느라 온몸을 떨며 울음을 터뜨렸다. 그 후 입으로는 닥치는 대로 먹고 아래로는 똥과 오줌을 내지르며 자라고 자라 오늘에 이르렀다. 놀라고 무서워 태어나자마자 온몸으로 울던 기억은 머리에서 완전히 사라졌다. 이제는 거룩한 그 무엇인가가 되어 젊잖게 웃으며 머리를 끄덕인다. 때로는 만인의 시선을 받으며 진정한 도를 추구하는 사람이 되겠다고 부드러운 눈빛으로 의젓하게 읊조린다. 그러나 진정한 진리를 깨달으려면 태어난 본처本處를 알아야 한다. 우리는 어디에서 왔고 우리는 무엇이며 우리는 어디로 가는가. 등신불은 기도하고 발원하는 우리에게 생명의 본처本處, 고향을 가리킨다. 아랫도리 못대가리를 들어 세상의 똥구멍을 가리키는 등신불의 가르침을 좇아 우리는 세상의 가장 낮은 곳에서 연꽃을 찾아내야 할 것이다.

「등신불 시편」 연작은 현실과 비현실, 세속과 깨달음을 병치하면서 깨달음이란 무엇인가를 사색했다. 깨달음이라는 종교적 신성의 세계를 이야기하면서도 시인은 의도적으로 거룩한 것에 대한 기성의 관념을 타파하고 조롱하면서 새로운 영역을 보여주고자 했다. 기존 관념에 얽매이지 않은 날것 그대로의 진실을 찾아내고자 한 것이다. 그는 다음 시집 『못의 귀향』(2009)에 수록된 「시가 무어냐고?」에서 시가 무어냐는 물음에 대해 "오늘은 나도 한마디할란다, 똥이야!"라고 단언했다. 김종철다운 촌철살인寸鐵殺人의 명구名句다. 그는 이런 관념의 타파를 「등신불 시편」 연작에서 먼저 시도했다.

누군가의 몸 하나를
큰 독 속에 넣고 밀봉한다
삼 년 후 열어 보니 마치 살아 있는 듯
그대로 온전하다
등신불이다
사람들은 시신을 그대로 독 속에 묻고
그 위에 칠층탑을 쌓았다
지옥이 비이지 않고서야

독 속에서 그는 나오지 않는다

―「몸 하나―등신불 시편 3」 전문

사람은 죽어서 어디로 가나

죽은 그들 중에

아무도 돌아와서 말해 주지 않는다

자신의 독 하나 깨뜨리지 못하면서

성불을 바라보다

독이 되어버린

바보 등신 같은 놈!

―「바보 등신―등신불 시편 5」 전문

유채꽃 같은 슬픔

노오란 유채꽃 같은 절망

불경 따라 나선 길에 유채꽃은 웬 말인가?

춘삼월 구화산 가는 길

유채꽃 밭을 지나 유채꽃 등성이를 넘어

유채꽃 산맥을 넘어간다

몇백 리 노오란 발길 물든

저 적막 끝에

문득 와 머무는 절벽 같은 독불,

부처도 맨발이구나!

—「맨발의 유채꽃—등신불 시편 8」 전문

이 세 편의 시는 '등신불 시편' 연작의 화법과 특징을 잘
보여준다. 모든 욕망을 끊고 독 속에 들어가 그대로 등신불
이 된 스님을 사람들은 존경하고 추앙한다. 앉은 자리에서
성불한 신비의 상징이다. 사람들은 탑을 쌓고 절을 짓고 기
도를 한다. 그러나 독 속에 들어간 스님은 대중들의 추앙에
관심이 없다. 스님은 지옥 중생이 다 구제될 때까지 그의 두
타행을 멈추지 않는다. 모든 현상이 끝없이 변하고 모든 대
상에 실체가 없음을 깨달을 때까지 스님의 정진은 끝없이 이
어진다. 독 속의 등신불이 되거나 대중의 추앙을 받는 것은
그것과 전혀 상관없는 일이다. 스님은 스님의 수행의 길을
가고, 대중들은 자신의 관점에서 등신불에 기원할 뿐이다.
요컨대 등신불의 신비로움에 놀라워하는 대중들의 마음과
스님의 진심은 일치하지 않는 것이다.

진정한 성불을 이루기 위해서는 자신을 가두고 있는 관념
의 벽을 허물어야 한다. 모든 상相이 상相 아님을 보면 참다운
깨달음을 이룬다고 『금강경』에서 말했다. 독 속에 들어가 등

신불이 되었으니 성불했으리라고 믿는 것도 관념이고 상相이다. 그마저 깨뜨려야 진정한 깨달음에 이른다. 독 속에 들어가 갇히면 성불하리라고 믿는 수도자나 독 속의 등신불에 사로잡혀 복을 비는 중생이나 벽을 깨뜨리지 못한 점은 마찬가지다. 시인은 그러한 존재들을 모두 "바보 등신 같은 놈!"이라고 비웃는다. 등신불을 둘러싼 불교의 통상적 관념을 타파하는 대담한 표현이다. 김종철 시인은 이 점에 관한 한 어느 정도의 깨달음을 얻은 상근기上根機의 자리에 있다.

「맨발의 유채꽃」은 표면적으로 서정의 형식을 취했다. 구화산 등신불을 찾아가는 길에 노란 유채꽃이 피어 있다. 유채꽃에 뒤덮인 밭과 등성이와 산록의 노란 빛깔은 슬픔의 감정을 일으킨다. 온통 한 가지 색으로 착색된 그것은 절망의 감정도 일으킨다. 거룩한 깨달음의 성지聖地를 보러 가는 길에 이런 자연의 절경을 보고 거기서 희로애락의 감정을 일으키는 것은 아이러니한 일이다. 깨달음은 희로애락이나 미추美醜의 분별에서 벗어난 자리가 아닌가. 깨달음의 진경을 보러 가는 길에도 인간의 애환의 감정이 개입한다는 점에 기묘한 느낌을 가지며 절벽에 올라 고개를 드니 거대한 불상이 눈에 들어온다. 김교각 스님의 모습을 본뜬 99미터의 장대한 불상이다. 몇백 리 펼쳐진 끝없는 유채꽃과 절벽에 솟아 있는 거대한 불상의 대비 속에 시인은 인간의 애환과 성불의 관계를 생각한다. 그 성찰의 핵심이 "부처도 맨발이구나!"라는 결구結句에 담겨 있다.

큰 사찰에 가면 부처의 발바닥을 새긴 불족성상佛足聖像이 있다. 석가모니가 입적했을 때 늦게 도착한 제자 가섭을 위해 관에서 두 발을 내밀었다는 곽시쌍부槨示雙趺의 이야기가 전해진다. 한승원의 소설 『사람의 맨발』(2014)은 이 이야기에서 모티프를 얻었다. 석가모니의 두 발은 상처투성이였다. 중생 교화를 위해 인도 전역의 험난한 길을 밟고 다닌 고난의 발이었다. 석가모니는 제자 가섭에게 너도 이렇게 중생 교화를 위해 평생을 보내라는 뜻으로 자신의 맨발을 내민 것이다. 이것을 기념하기 위해 부처의 발 모양을 새긴 성상을 모시는 것이다. 인도의 불교 성지에 가면 기념품으로 파는 여러 가지 형태의 불족성상을 볼 수 있다.

석가모니의 성불은 인간의 애환의 길을 맨발로 걸어 모든 감정의 굴곡을 거친 다음에 이루어진 것이다. 맨발의 고행이 있었기에 해탈이 가능하고 적멸의 즐거움이 찾아올 수 있었다. 그러므로 맨발과 해탈은 둘이 아니다. 깨달음의 세계와 세속의 길이 따로 있는 것이 아니라 세속의 과정 속에 깨달음이 형성된다는 생각이다. 불교에서 흔히 연꽃을 상징적 사물로 내세우는데, 연꽃이 진흙 속에서 핀다는 것을 생각하면 연꽃과 맨발의 상징적 유사성을 이해할 수 있을 것이다. 연꽃이 진흙 속에서 피어나듯 부처님도 세속의 맨발 속에서 깨달음을 얻은 것이다. 김종철 시인은 어디서 유래를 들은 것인지 시인적 직관으로 깨달은 것인지 "부처도 맨발이구나!"라는 시행으로 끝을 맺었다. 사실 모든 불상은 맨발로 되어 있다. 그러나 이것을 시로 쓴 사람은 아무도 없다. 그는 불교의 핵심을 포착하여 시로 표현했다. 간결한 경구의 형식을 빌려 아무렇지 않은 듯 배치한 이 구절에 불교 수행의 높은 경지가 담겨 있다.

5. 일상의 감정들

시집의 3부는 '산중문답 시편'이라고 부제를 달고 일상의 경험을 표현한 작품들을 묶었다. 그중 다음 작품은 「등신불 시편」과 「소녀경 시편」과 주제가 통하면서 자아 탐구라는 시인의 자의식을 고백하고 있어 세심히 읽을 필요가 있다.

새벽이다
커튼을 힘껏 열어젖혔다

오늘 일정은 트래킹이다

대충 짐을 챙기다가

뒤에서 누가 부르는 것 같아

창밖을 바라보다

나는 화들짝 뛰어올랐다

언제 어떻게 왔는지

눈부신 흰 산맥이 창밖에서 쏟아져 들어와

와아 하고 내 목을 비틀었고

나는 겁에 질려 화장실로 숨었다

오십이 넘어서야

겨우 너를 만나기 위해

여기까지 찾아왔는데

오늘은 내가 몸까지 감추다니!

—「히말라야 설봉—산중문답 시편 2」 전문

　이 시는 히말라야 트래킹 여행 중에 얻은 시인 것 같다. 새
벽에 일어나 무심히 커튼을 여니 히말라야의 눈 덮인 설산이
눈이 들어온다. 그 모습을 보고 시인은 화들짝 놀라 이유도

모르고 겁에 질려 화장실로 숨어들었다고 했다. 무엇이 그를 놀라게 하고 겁에 질리게 한 것인가. 태어나 처음 대하는 눈부신 흰빛의 절대적 풍경이 그에게 부끄러움을 안겨준 것이다. 그것은 짐작컨대 절대 순수, 절대 고독, 절대 절망의 표상이다. 무어라 표현할 수 없는 절대의 풍경 앞에 자신의 지난 삶이 한꺼번에 밀려들면서 치명적인 치부를 들킨 것은 가혹한 수치심을 느낀 것이다.

이것은 순수에 대한 시인의 갈망이 그만큼 크다는 것을 역으로 드러낸다. 지금까지 보지 못한 정결한 성체聖體를 대하게 되자 자신의 과거의 삶이 대비적으로 추악하게 떠오른 것이다. 때 많고 죄 많은 삶의 족적, 자신의 본모습이 일시에 떠오르자 깜짝 놀라게 되었고 자기도 모르게 겁이 났고 추한 몸을 가릴 생각이 들었던 것이다. 이 시는 일상적 경험의 시를 모은 3부에 수록되어 있지만 「등신불 시편」 연작보다 더 중요한 주제를 담고 있다. 순수 세계와 현실 세계가 얼마나 멀리 떨어져 있으며 순수를 향한 정진의 과정이 얼마나 어려운 것인가를 상징적으로 암시해 준다. 구도求道라는 것이 말은 쉽지만 진정으로 구도의 길에 나서기 위해서는 절실한 자기 인식과 참회의 단계가 선행되어야 한다는 중요한 깨우침도 전해준다. 그런 점에서 이 시는 구도적 탐색의 기본 문제를 질문하는 귀중한 화두를 담고 있는 작품이라고 말할 수 있다.

이 외에 3부의 작품 중에 「하노이 연가」, 「시화호를 바라보며」, 「오줌을 누며」 등을 주목할 필요가 있다. 이 작품에는 고독한 일상적 자아의 모습이 숨김없이 드러나 있다. 구도나 깨달음 같은 종교적 문제에 의거하지 않고 자신의 내면을 정직하게 보여주려는 자세가 나타나 있다. 고독은 인간이 살아 있다는 것을 증명하는 일종의 존재 기표 역할을 한다. 인간이 고독하다고 느끼는 것은 자신의 실존을 자각할 때 나타나는 반응이다. 백석의 유명한 시 「남신의주 유동 박시봉방」에서 슬픔과 어리석음에 눌리어 죽을 수밖에 없다고 느꼈던 화자가 여러 날이 지나면서 어지러운 마음이 가라앉게 되자 "외로운 마음이 드는 때쯤 해서" 드디어 삶의 의욕을 갖게 된다. 외로움을 느낄 때 죽은 것이 아니라 오히려 살게 되는 것이다.

그러기에 고독은 모든 인간 창조를 추동하는 힘으로 작용한다. 문학이건 예술이건 학문이건 모든 유형무형의 창조의 근원에는 고독이 자리 잡고 있다. 고독의 심연에 닻을 드리우는 사람만이 새로운 창조를 이룩할 수 있는 것이다. 시의 경우는 더욱 그렇다. 타인과 거리를 유지하고 고독의 심연에서 자신의 내면과 만날 때 비로소 한 줄의 시가 얻어진다. 위

의 시 「히말라야 설봉—산중문답 시편 2」도 고독의 자리에서
히말라야 순백의 정경을 만났을 때 얻어진 결과물이다.

가끔 잘 운다는 하롱베이를 만나기 위해
겨울 하노이에 왔다
내 청춘의 벼랑 끝에서
M—16 가늠쇠로 숨죽이며 지켜보았던
하노이가 맨몸으로 나를 맞아 주었다
잘 눕지도 못하고
지팡이로 지탱한 그녀가
오늘은 붉은 산호꽃으로 운다

정글을 쫓으며 상처를 준
내 가슴에
눈물로 매달렸던 수진 마을의 랑,
삼십 년도 더 지난 슬픈 꿈이
길게 따라 도는 작은 섬 사이에
총 총 총 총 떠돌며
나마저 화석으로 굳어지게 할 줄이야!

남루한 이 마을의 아이들이

내미는 때 묻은 손에 살짝 쥐어 준 1달러

코를 훌쩍이며 손을 내민 내 유년의

'헬로, 기브 미 껌'

가끔 잘 우는 내 사랑의 추억이

오늘은 하노이에서 손을 내민다

'헬로, 기브 미 러브!'

　　―「하노이 연가―산중문답 시편 11」 전문

　이 시는 자신의 젊은 날 월남전에 참전하여 맞서 싸웠던 적군의 수도 하노이를 삼십 년의 세월이 흐른 다음에 방문한 체험을 표현한 것이다. 지난날의 추억을 떠올리며 현재의 장소를 보면 인간과 풍경은 과거와 현재와의 거리를 확인케 하면서 과거의 시간에서 멀리 떨어져 있는 자신의 실존적 위상을 더욱 뚜렷이 부각시킨다. 이 시는 현재의 정경 여기저기에 과거의 장면을 적절히 삽입함으로써 절묘한 시적 효과를 거두고 있다. 시인은 항구 도시 하노이와 하노이를 껴안고 있는 하롱베이를 여자로 의인화하여 과거의 기억과의 연관 속에서 청춘의 회한을 그려낸다.

　가장 젊었던 시기에 월남전에 참전하여 적 아닌 적들을 향

해 총구를 겨누었던 과거의 일들은 시인에게 회한으로 다가
온다. 막막한 정글을 헤매 돌던 '나'에게도 애정의 불씨는 남
아 어느 월남 처녀를 사랑하기도 했었다. 그러한 과거의 추
억들이 하노이를 방문한 시인에게 몰려들어 처연한 심사를
불러일으킨다. 살벌하고 참담했던 전쟁터가 웃음을 파는 관
광지가 되다니. 이미 삼십 년의 세월이 흘러 모든 것이 바뀌
어버린 베트남, 그곳의 새로운 수도 하노이, 하노이의 관문
인 하롱만은 마치 노쇠한 여인이 지팡이에 의지한 듯 지친
모습으로 시인을 맞이한다. 하롱만에 퍼져 있는 수많은 섬
들을 보자 과거의 아련한 추억들이 솟아난다. 시인은 물밀
듯 솟아오르는 과거의 추억에 어쩔 줄 몰라 하며 총총한 작
은 섬들 사이에 자신도 하나의 화석처럼 굳어 서고 만다. 하
노이가 울고 하롱만이 우는 것이 아니라 실은 시인의 가슴이
먼저 울고 있었던 것.

거리에 나서자 남루한 차림의 아이들이 몰려들어 구걸을
한다. 그 아이들의 모습을 보며 시인은 추억의 시침을 더욱
과거로 돌려 지나가는 미군에게 손을 내밀고 "헬로, 기브 미
껌"을 연발했던 자신의 유년 시절을 떠올린다. 베트남의 때
묻은 아이들을 본 순간 자신의 영상이 거기에 겹쳐진 것이
다. 전후의 가난을 뚫고 성장하여 나이 오십에 이른 시인이

하노이에서 자신의 유년의 모습을 마주친 것이다. 베트남의 가난한 아이들이 자신의 분신으로 다가왔다. 그 순간 수진 마을의 월남 처녀 랑의 모습도 떠올랐고 밀림을 헤매던 자신의 청춘의 영상도 선명한 윤곽으로 떠올랐다. 추억은 시간의 줄에 매달려 꼬리에 꼬리를 물고 이어진다. 그 순간 시인은 어릴 적 자신이 껌을 달라고 손을 내밀었던 것처럼 사라진 젊은 날의 사랑을 달라고 하노이에 손을 내민다. 원 달러를 외치는 저 남루한 베트남 아이들처럼, 혹은 기억 속에 숨어 있는 유년의 시인 자신처럼. 이 마지막 장면은 웃음과 슬픔이 기묘하게 섞이면서 산다는 것이 무엇이며 인간의 어제와 오늘이 어떤 의미를 지닌 것인가를 스스로 질문하게 한다. 깊이를 헤아릴 수 없는 인생의 애환이 가슴을 저리게 한다.

「오줌을 누며—산중문답 시편 13」은 오십이 넘은 시인의 슬픈 자의식을 솔직하게 표현했다. 어린 시절에는 일부러 높은 곳에 올라가서 멀리 오줌을 누면서 "포물선을 그으며 떨어지는 그곳"에 더 멀리 닿게 하려고 뒤꿈치를 들고 아랫도리에 힘을 주어서 오줌을 누었다. 어른이 되어 살면서 그 마음은 그대로 유지했다. 그러나 오줌을 마음대로 누는 것도 그리 쉽지 않은 일이라는 것을 깨닫게 되었다. 이제 기운이 빠져 어릴 때처럼 오줌발이 멀리 나가지 못하고 "발 앞에서

몇 번 찔끔거리는 / 눈물 같은 이슬 같은 그것을 털고 또" 터
는 상태가 되었다. 눈물과 이슬이 나이 오십의 표상이 된 것
이다. 어린 시절의 의기와 기상은 생활인의 굴레 속에 희석
되고 말았다. 이젠 오줌을 눌 때도 남의 눈치를 살피는 신세
가 되었다. "눈물 같은 이슬"이란 말에는 나이 든 사람이 느
끼는 무력한 자기 고백의 슬픔이 망울져 있다. 시인은 그것
을 다시 "털어도 털어도 털리지 않는 / 아, 슬픔 같은 그것!"
이라고 반복해서 영탄했다. 이것은 생활인으로서 느끼는 존
재론적 비애다. 삶을 영위하는 사람이 생활의 영역에서 발견
하게 되는 자기 응시와 자기 발견의 서글픔이다. 앞의 「하노
이 연가」와 더불어 중년의 고독 속에 자각한 인생의 애환과
존재론적 슬픔을 표현한 작품이다.

비닐봉지와 쓰레기 더미
바람에도 날려 가지 않는 정체불명의 거품
미시시피를 바라보며 한 늙은이가 울고 있다
강이 검다고, 물고기도 살지 못한다고
한 늙은 추장이 강가에 서서 추억처럼
울고 있는 30초짜리 CF는 끝나고
70년대 미국은 편안히 잠드는데,

오늘은 CF 밖에서 우리가 햄버거를 대신 뜯고
울고 있는 너를 보고 있다
흑백 활동사진 같은, 밤마다 몰래몰래 방류하는
정체불명의 항문
퉁퉁 부은 익명의 해안가에
등 굽은 물고기가 물을 버리고
무심코 마을버스 한 대가 덜컹대며 고샅길을 지나간다

큰비 한 번 오면 잊어 준다고
깡소주 같은 인생은 쉽게 잊혀진다고
낡은 셔츠 한 장의 시화호 수문 앞에는
정체불명의 사람들이 잠시 보이고
코를 막고 쉬고 있는 물새들만
먼바다로 연신 고개를 끄덕이는
멍텅구리배 한 척을 멍청히 바라보고 섰다
　—「시화호를 바라보며—산중문답 시편 12」 전문

이 시는 앞의 두 편의 시와 성격이 다르다. 비닐봉지와 쓰
레기 더미가 쌓여 부패해 가는 시화호의 모습을 보며 생태학
적 상상력을 펼친 작품이다. 시화호 표면에 쌓인 정체불명

138

의 거품은 바람에도 날려가지 않는다. 시인은 시화호의 병든 모습을 보며 영상 자료에서 본 1970년대 미시시피강의 장면을 떠올린다. 한 늙은 추장이 물고기도 살지 못하는 검은 강 미시시피를 바라보며 눈물 흘리는 장면이다. 이십 년 전 미국의 모습을 1990년대 한국에서 다시 보게 된 것이다. 우리의 자연이 이렇게 부패해 가고 있는데 우리는 아무렇지 않다는 듯 햄버거를 뜯으며 미국식 산업주의 시대를 살고 있다. 검은 공장에서 익명의 오물을 강에 방류하고 있다. 이 썩은 물을 바라보는 사람들도 큰비 한 번 오면 다 씻겨 내려간다고 태연히 방관하고 있다. 오히려 물가에 앉은 물새들이 괴로움에 코를 막고 쉬고 있다. 물새들이 "먼 바다로 연신 고개를 끄덕이는 / 멍텅구리배 한 척을 멍청히 바라보고 섰다"고 표현했다. 물새가 보기에 우리들 인간이 먼바다를 향해 연신 고래를 끄덕이는 멍텅구리배나 다름이 없다는 인식이다. 멍텅구리배란 동력이 없어서 다른 배가 끌어 주어야 움직이는 배다. 아무 일도 하지 못하는 무력한 인간 군상을 그렇게 비유한 것이다. 물새만 한 현실 감각도 없이 현실에 안주하고 자연 오염을 가중시키는 안이한 인간을 비판했다. 생태학적 사유에 기반을 두고 시인의 시야와 의식이 환경 문제로 확대되고 있는 것을 볼 수 있다.

시인의 관심이 다양하게 확장되고 있지만 시집 『등신불 시편』의 중심 주제는 자아 탐구이고 인간의 존재론적 탐구라고 할 수 있다. 3부에 수록된 일상 경험의 시들도 종국에는 존재 탐구의 문제에 귀결되고 있다. 그런 점에서 「시화호를 바라보며」가 가장 이질적인 작품이라고 할 수 있지만 생태 문제도 인간의 존재론적 환경 문제에 해당한다고 생각하면 시집 전체의 큰 울타리에 포함될 수 있다. 이러한 시인의 탐구는 『못의 귀향』(2009), 『못의 사회학』(2013)으로 심화 발전되어 간다.

존재 탐구의 다양한 층위

1. 존재의 심연, 어머니

여섯 번째 시집 『못의 귀향』(2009)의 맨 앞에 「밤기차를 타고
—초또마을 시편 1」이 실려 있다. 이 시는 자신의 본모습을
'네놈'이라고 지칭하면서 존재 탐구의 여정이 지속되고 있음
을 드러내고 있다. "인간은 못이다"라는 명제가 일반론이라
면 "나는 못이다"라는 명제는 개체론이다. 일반론을 해결하
기 위해서는 개별적 사실부터 검증을 해야 한다. 말하자면
인간 일반이나 타인을 보는 시선이 자기 자신의 문제로 전환
되어야 한다. 자신이 태어난 자리, 지금까지 살아온 내력, 희
로애락의 사연들, 현재 처한 정신의 위상 등을 살펴보고 자

신의 본모습을 확인할 때 비로소 인간이란 무엇이며 삶이란 무엇인가에 대해 미약한 결론이라도 내릴 수 있는 것이다. 『못에 관한 명상』중 과거 회상 시편, 그리고『못의 귀향』의 「초또마을 시편」연작은 그런 탐색의 과정을 보여주는 작품들이다. 그래서 시인은 '초또는 대못이다'를『못의 귀향』1부의 제목으로 삼았다. 고향 마을 '초또'의 삶이 자신의 성장 과정에 굵은 대목을 이룬다는 뜻이다. 어린 시절의 회상이 자기 존재 근거의 중요한 바탕이 된다는 사실을 강조한 것이다.

앞에서 검토했던 「네가 무서워―못에 관한 명상 15」에서 존재의 근거를 알아차리려고 하면 모습을 감추어 버리는 자신을 '너'라고 대상적으로 지칭한 바 있다. 그러면서 화자는 "네가 무서워"라고 단정적으로 말했다. 이것은 괴로운 심정의 고백이다. 내 마음대로 생각하고 마음대로 움직이는데 정작 자기 자신이 그 실체를 모른다고 한다면 그것은 두려운 일이다. 자기 자신이 허깨비에 불과하다는 생각이기 때문이다. 내가 나를 모른다면, 움직이는 이 몸과 마음은 누구의 것이란 말인가?

시집 3부의 「귀향―순례시편 4」에서는 불빛 따라 날아와 창문에 자꾸 머리를 박는 "부나방 한 마리"로 자신을 표상했다. 「개똥밭을 뒹굴며―순례시편 5」에서는 어릴 때부터 환갑

진갑 지난 지금까지 수시로 모습을 바꾸며 다가오는 그 "굽은 못대가리"가 과연 자신의 참모습인지 정말 알 수 없다고 회의하며 당황하는 모습을 표현했다. 이렇게 보면 그의 시작의 일생은 자아의 본모습을 탐색하는 자기 확인의 연속이었음을 알 수 있다.

기차는 밤새도록 달렸습니다

덜컹대는 침대칸의 흐린 불빛

얇은 요 한 장에 돌아누운

낯선 순례꾼의 잠꼬대

이 밤 우리가 찾는 것은

녹슨 양심을 벼리는 숫돌이고

당신의 발밑에 놓을 기도의 머릿돌이었습니다

하지만 자리를 털고 일어나는 것은

단 한 번도 멈추지 못했던

내 욕망의 기차가 마주 달려올 줄이야

저 모순투성이의 철로에

내 전 생애를 낮은 포복으로 기어 오던

오, 그토록 애써 외면했던

바로 네놈까지!

새벽안개 속에

흰 수증기를 내뿜는 기적 소리는

귓전에 울어 쌓이는데

군화 끈을 조여 매고

더블백을 둘러멘 나는 파월 참전병

낯선 전쟁터로 발령받아

세상에서 가장 긴 편지를 어머니에게 쓴 그 밤

덜컹대는 철로 따라 꾹꾹 눌러쓴

문장 몇 줄은 눈물처럼 잘려 나가고

그래그래 이 밤

어머니보다 더 늙은 우리 내외가

삐뚤삐뚤 쓰여진 철로 따라 예까지 왔구나

육십 평생 순례의 끝에서

아들 같은 젊은 나도 데불고

그래그래 당신에게로 함께 갑니다

오, 초원의 빛이여,

루르드의 새벽이여!

―「밤기차를 타고―초또마을 시편 1」 전문

부부는 회갑 기념 여행의 일환으로 프랑스 남쪽 루르드 Lourde로 가는 유럽 횡단 열차를 타고 있다. 루르드는 가톨릭 교회가 공식적으로 인정한 성모 발현지가 있는 곳이다. 모처럼 마련한 부부만의 호젓한 여행이라면 머나먼 이국의 남쪽으로 즐거움을 누리며 느긋이 흔들거려도 좋았을 것이다. 그런데 여기서도 그 두려워하던 '너', 자신의 분신을 또 만나게 된 것이다. 참으로 피할 수 없는 숙명적 마주침이던가. 여기서 마주친 것은 "단 한 번도 멈추지 못했던 / 내 욕망의 기차"이며, "모순투성이의 철로에 / 내 전 생애를 낮은 포복으로 기어 오던" 존재였다. 이러한 익명의 존재의 급습에 어떻게 대처할 수 있을까. 존재의 환영은 낮은 포복으로 기어 와 집요하게 달라붙어서 그 손길에서 벗어나는 것은 힘겨운 일이다. 결국은 그놈이 이끄는 대로 과거로의 여행을 떠날 수밖에 없고, 그놈의 손길에 이끌려 과거의 편력 속에 자신의 분신을 만날 수밖에 없다. 그것이 운명이다. 그래서 비평가 루카치도 소설의 주제는 "나는 내 영혼을 입증하기 위해 길을 떠난다.(I go to prove my soul.)"에 집약된다고 하지 않았던가. 길을 떠나면 자신의 영혼을 만나게 되어 있는 것이다. 시인은 루르드로 가는 부부 동반 여행의 밤 열차에서 자신의 분신을 만나게 되었다.

기이하게도 그 분신은 사십 년 전 낯선 전쟁터로 떠나게 된 파월 참전병의 모습으로 나타났다. "군화 끈을 조여 매고 더블백을 둘러맨" 군인의 모습으로 나타나 시인의 시야를 가린다. 그런데 이 장면에도 어머니가 슬픈 전설의 주인공처럼 등장한다. "세상에서 가장 긴 편지를 어머니에게 쓴 그 밤"을 시인은 떠올리고 있다. 그는 어머니에게 사상 초유의 긴 편지를 쓰고 베트남으로 떠났던 것이다. 그날의 눈물 어린 기억이 떠오를 무렵 저 멀리 지평선에 동이 터 오고 하루의 시작을 알리는 새벽이 다가온다. 나이는 비록 육십이 되었지만 자신의 분신은 여전히 젊은 아들 같은 나이다. 그 아들 같은 젊은 나를 데리고 이제 어머니에게로 가는 존재의 탐색을 시작하는 것이다. 초원의 빛으로 이어진 철길 저편에 노래로 살아나야 할 못의 이야기가 산적해 있다. 인간이 인간으로 존재하는 한, 못은 인간의 영육 어딘가에 박혀 있어서 겉으로 모습을 드러내려고 조바심을 내기 마련이다. 그래서 못은 그의 실존의 근거가 되고 존재의 근원이 되고 어머니가 되고 어머니의 뿌리가 된다. 그렇게 못은 영원으로 가는 길을 흥미롭게 지시하는 상징의 아이콘이 된다. 존재의 심연으로 인도하는 초원의 빛처럼 철로 저편에 솟아나는 것이다.

초또마을을 중심으로 한 어린 시절의 회상에 가장 중요하게 떠오르는 인물이 어머니다. 어머니는 김종철 시인의 삶만이 아니라 그의 시 전반에 걸쳐 지속적인 영향력과 견인력을 행사한 상징적 존재다. 어머니는 그의 존재의 근거이자 그의 시를 장악하고 통어하는 뚜렷한 상징적 기제機制다. 베트남 전장으로 떠나는 젊은이들의 비통한 이별 장면을 형상화한 「죽음의 둔주곡—3곡」에서도 뼈아픈 이별의 대상으로 떠오른 존재가 어머니다. 어머니는 혀끝을 안타깝게 차며 눈물 짓는 모습도 보이지만, 이별을 피할 수 없는 운명으로 받아들이면서 막내아들을 바다로 밀어 보내는 의연한 모성의 자태도 드러낸다.

앞에서 검토했던 초기작 「금요일 아침」에서 8년간의 서울 생활은 그에게 여러 가지 신산한 체험을 안겨 주었다. 그것은 어둠과 공복과 아픔으로 표상되는 부정적인 것들이다. 젊음의 절정에서 이 시련과 고초를 견딜 수 있었던 것은 그래도 시인적인 유랑 기질과 낭만적 성향이 있었기 때문인데, 인내력의 한계에 도달해서인지 어느 금요일 아침 눈물을 흘리고 말았다. 그때 떠오른 존재가 바로 어머니다. 자신이 겪은 시련은 어머니가 가꾼 들판을 마르게 했다. 거기서 얻은 좌절의 배반감은 어머니 품에 안기는 행복한 시간마저 거부했다. 어머니에게 상실감만 안겨준 비통한 심정을 스스로 추스르고 난관을 디디고 다시 일어나면서 그는 자신의 길을 다시 찾으려 한다. 그것은 어머니의 들판을 다시 풍성하게 하고 어머니의 품에 온기를 되돌려 주는 최선의 행동이다. 그는 마지막 안간힘을 기울여 인생의 불길함을 극복하고 어머니의 순정성을 되찾으려 한다.

자신의 삶이 불행하다고 느낄 때건, 자신의 삶이 더 높은 차원으로 상승해야 한다고 생각할 때건, 인간 존재의 근원을 통찰하려 할 때건 어머니는 지속적으로 그의 시에 등장한다. 「몸은 보이지 않는데—오이도 6」에서 자신의 통절한 심정을 어머니의 수의 입은 형상으로 나타내고, 「시간여행 2—시간을 찾아서」에서 존재 탐구의 일환으로 시간에 대해 사색할 때에도 어머니가 등장한다. 어디 그뿐인가? 시간의 흐름을 좇아 전개되는 인간 삶의 모순과 실상을 탐색하는 야심적인 기획 작품 「오늘이 그날이다」 연작이나 「만나는 법」 같은 시에도 어머니가 등장하여 삶과 죽음을 매개하는 중요한 역할을 하는 것을 앞에서 보았다. 어머니는 그의 시에 종교적 경건성을 부여하고 생의 터전 전체를 관장하는 존재로 자리 잡고 있다. 그래서 「초또마을 시편」 연작의 두 번째 자리는 어머니의 태몽을 소재로 한 「어머니의 장롱」이 차지했다.

어머니는 물동이를 이고 우물가로 갔습니다
밤나무 숲에 이르자 갑자기 천둥 번개가 치고
소나기가 쏟아지면서 캄캄해졌습니다
그 순간 우물에서 무지개가 솟아올랐습니다
아름다운 무지개가 탐이 난 어머니는
두레박줄 잡듯 힘껏 낚아챘습니다
꿈쩍도 않는 무지개 다발을
어머니는 치마로 감싸 안으며
이빨로 하나씩 끊어 내었습니다
한 다발 가까이 쑥 뽑혀 나온 무지개를
남 볼세라 치마 속에 둘둘 말아
한달음에 집으로 달렸습니다
어머니는 장롱 깊숙이 숨겼습니다
형과 누나의 실타래도 넣어 둔
오래된 장롱 속이었습니다

어머니 태몽은 아직 끝나지 않았습니다
내 나이 이순, 몸 깊이 숨겨 둔
당신의 무지개가
저세상 잇는 다리로 다시 뜨는 날

나는 한 마리 학 되어

한 생애를 날아오를 것입니다

—「어머니의 장롱—초또마을 시편 2」 전문

어머니가 물동이를 이고 우물가로 갔을 때 갑자기 천둥 번
개가 치고 소나기가 쏟아지며 캄캄해졌다. 그 순간 우물에서
무지개가 솟아올랐고 어머니는 무지개를 힘껏 낚아채서 치
마로 감싸 안고 이빨로 하나씩 끊어 내서 치마 속에 둘둘 말
아 집으로 달려가서 장롱 깊숙이 숨겨 두었다. 이것은 태몽
이다. 태몽은 비밀스럽게 간직해야 하는 것이라 남에게 발설
하지 않는 것이 원칙인데, 시인은 태몽 이야기를 상세히 전
달했다. "몸 깊이 숨겨 둔 / 당신의 무지개가 / 저세상 잇는
다리로 다시 뜨는 날 / 나는 한 마리 학 되어 / 한 생애를 날
아오를 것입니다"라고 자신의 미래까지 예상하며 그 태몽에
서 느낀 아름다운 기운이 실현되리라는 꿈을 표현했다. 가난
한 집안의 막내를 임신하여 어머니가 아이를 떼려고 여러 가
지 시도를 벌였지만 우여곡절 속에 태어났다는 이야기를 그
는 시로 여러 편 썼다. 그런 불행한 출생담을 지녔지만 사실
은 이렇게 귀한 태몽으로 얻은 아이임을 새롭게 말하고 싶었
는지 모른다. 이 시에는 그렇게 귀한 태몽을 꾸고 자신을 낳

아준 어머니에 대한 고마움이 담겨 있다. 그 어머니의 등에 업혀 칭얼대며 마실을 다니고 막내답게 어머니 젖을 오래 빨며 성장한 것이다.

시인의 유년기부터 병을 앓던 아버지는 시인이 여덟 살 되던 해 세상을 떠났다. 어머니 혼자 여러 가지 장사를 하며 아이들을 키웠다. 충무동 좌판 시장터에서 국수 장사를 했는데 그래서인지 시인은 어른이 되어서도 불어 터진 국수를 좋아한다. 거기에는 "눈물보다 부드럽게 불어 터진 가난"이 어려 있고 "쓰러지다 일어서는 시장기"가 남아 있기 때문이다. "생의 삐걱이는 나무 걸상에 걸터앉아" 당신의 국수가 찾아오기를 기다린다고 했다. 어머니는 큰 양푼에 여러 가지 나물을 넣고 붉은 고추장을 섞어 비빔밥을 만들어 주시기도 했다. 시인은 모든 것이 조화를 이룬 그 비빔밥의 절묘한 맛을 잊지 못한다. 비빔밥을 만들던 어머니의 날렵한 손놀림이 시인의 회상 속에 확대되어 "하느님도 세상을 이처럼 골고루 잘 비비진 못했습니다"라는 생각을 한다. 이만큼 어머니는 정신적 구원의 대상이자 생을 지탱하는 심연의 상징으로 자리 잡고 있다. 어머니는 이후에도 생의 굴곡진 고비마다 중요한 의미를 담은 상징으로 재창조된다.

2. 망치와 유서와 생활의 감각

못과 망치는 따로 떼어서 생각하기 어렵다. 망치가 없으면 못은 무용지물이 되고 못이 없으면 망치도 쓸 데가 없다. 김종철의 시에서도 망치와 못은 한통속이다. 인간은 못을 치는 망치이기도 하고 망치에 박히는 못이기도 하다. 인간은 고통을 주고받는 존재이며 상처를 서로 확인하는 존재다. 고통과 상처가 확인되면 그것을 그냥 두지 않고 덜어내거나 거기서 벗어나기 위해 노력하는 존재가 또한 인간이다. 박힌 못 없이 살 수 없지만 못이 잘못 박히면 그것을 빼려고 하는 존재가 인간이며, 못이 박혔던 상처를 지우려고 평생 노력하는 존재가 인간이다. 그리고 어느 경우에나 망치를 다루는 주체는 인간이다. 망치가 중심을 이룰 때 못은 부속물로 등장한다.

　2부의 첫 작품 「망치를 들다」는 "이제는 망치를 들어도 좋을 나이입니다"로 시작한다. 못을 제대로 박는 망치의 중요성을 인식한 것이다. 평생 못과 망치를 다루었으니 이제 솜씨 좋은 목수가 되어 눈을 감고 못을 박아도 제 손등은 찧지 않는 자리에 이른 것이 아니냐고 스스로 자위해 본다. 누구의 관 뚜껑에라도 제대로 망치질할 수 있는 나이에 이르렀음을 자인한다. 그만큼 삶의 여유를 찾은 것이다. 그러나 과연 그러할까. 깊은 밤 성찰과 자성으로 자신의 지난 내력을 떠올리면 "어디 한 군데 성한 것이 없습니다"(「눈물의 방」)라고 노래한다. 그럴 때는 어릴 때 가난의 대명사로 거명되었던 '주팔이'가 등장한다. "말끝마다 죽지 못해 산다는 곡정할매"도 등장한다. 아무리 나이가 들어도 인간 존재의 슬픔은 사라지지 않는 것이다. 그래서 시인은 "나의 망치질 소리는 / 살아 있다는 슬픈 축복입니다"라고 노래한다. 제대로 못을 박는 것 이전에 삐걱이고 어긋난 것들을 제대로 바로잡는 망치질이 우선이고 그것이 살아 있는 인간이 해야 할 실존의 과제임을 밝힌 것이다. 여기서 김종철 시인의 존재 탐구는 새로운 국면으로 접어든다.

그날 유서를 쓰고
손톱과 발톱, 머리털까지 자르고
유장하게 묵상을 하고
흰 봉투에 담아 두었습니다

신새벽 총신을 손질하고
빈 수통에 물을 가득 채우고
군화 끈을 단단히 고쳐 매고

당신의 정글 속으로 들어갔습니다

매복을 한 지 삼십오 년

그날이 오늘입니다

아직도 낯선 전장터에 떠도는 그 사내를

꿈길에서 마주칠 때마다

죽지 않은 그를 위해

오늘 내가 또 유서를 준비합니다

수진마을의 랑의 선연한 눈매 닮은

숨겨 둔 아들이라도

불쑥 나를 찾아올지 모릅니다

　　―「유서를 쓰며」 전문

　　이 시에는 그의 첫 시집에 수록된 「서울의 유서」가 상호텍
스트적 문맥으로 가로놓여 있다. 「서울의 유서」에 대해서는
앞에서 상세히 분석한 바 있다. 여러 가지 비유로 구성된 그
시는 당시의 암울한 시대 상황과 젊은 시인의 암담한 의식을
다층적으로 드러냈다. "서울의 유서"라는 극단적인 제목, "서
울은 폐를 앓고 있다"는 첫 시행의 직선적 단언, "양심의 밑

등을 찍어 넘기고", "몇 장의 지폐로 바뀐 소시민의 운명들" 같은 구절에서 연상되는 소시민의 나약함과 좌절감, "우리들 일생의 도둑들은 목마른 자유를 다투어 훔쳐 갔다"에 보이는 억압적 현실에 대한 고발적 선언 등은 당시의 상황에 대한 선명한 비판적 저항 의식을 드러내고 있다.

   이순耳順의 나이에 쓴 위의 시는 20대에 쓴 「서울의 유서」와 표현과 주제가 다를 수밖에 없다. 이 시에는 과거의 어떤 시점에 대한 추억과 과거의 연장에 해당하는 현재의 상황 속에서 자신의 실체를 확인하고자 하는 장년 신사의 묵상이 중심 역할을 하고 있다. 여기 나오는 '그날'은, 「오늘이 그날이다」의 '그날'일 수도 있고, 사회인으로서 삶의 현장에 투신한 시점의 비유일 수도 있지만, 월남전에 참전한 그의 내력으로 보면, 현역 군인으로 전쟁에 임한 역사적 사건의 시점을 나타낸 것으로 읽는 것이 좋을 것 같다. 역사적 사건의 시적 투영이라는 사실은 시의 끝부분에 나오는 "수진마을의 랑"이라는 여인의 이름에서 확인된다. 총신을 손질하고 수통에 물을 채우고 군화 끈을 단단히 맨 그 군인은 이른 새벽 월남의 정글 속으로 매복해 들어간 것이다. 그로부터 삼십오 년의 세월이 흘렀지만 그는 지금도 낯선 전쟁터를 떠도는 느낌에서 벗어나지 못한다. 그의 안식의 길은 어디인가. 그는 지금도 꿈길에서 마주치는 자기의 분신을 위해 또 하나의 유서를 준비한다는 것이다. 새로운 유서의 작성은 자신에게 부딪쳐 오는 세상에 맞서 자신을 드러내면서 그 세상을 넘어서려는 대응 방식이다.

그런 점에서 과거의 추억은 그에게 새로운 삶의 의욕과 희망을 부여한다. 그것은 어떤 점에서 자신의 정체성을 찾는 자극제가 되기도 하고 견인차 역할을 하기도 한다. 「창을 연다」를 보면 중학교 2학년 때의 작문 시간을 떠올리며 자신의 삶을 반추한다. '창을 연다'라는 시제를 받고 그 뒤를 잇지 못한 채 지금까지 지내왔는데 중년의 고비를 넘기고서도 창을 열고 무엇을 할지 찾지 못한 상황이 이어지고 있다는 것이다. 헤아릴 수 없이 창을 열고 닫았지만 창을 열고 무엇을 하였는지, 무엇을 할 것인지 알 수 없는 상태의 연속이 오늘의 삶이다. 과연 창을 열고 무엇을 할 것인가. 창을 열면 어떤 일이 일어나는가. 과거의 회상을 통해 오늘의 일을 생각하기 때문에 추억은 오늘의 삶을 끌어가는 역동적인 기제가 된다.

그를 떠올리면
헐벗은 60년대 말
겨울 폭설이라든가, 펑펑 쏟아지는

함박눈 같은 그런 눈발이 없어도
그저 몇 낱의 분분한 꽃잎 정도
아침 잘 먹었냐 인사 한마디로
별고 없는 시대를, 그를 떠올리면

가로등 불빛 반쯤 이마 가린 종로 보신각
두 팔 벌리고 터억 막아선 새마을 푸른 지붕
새벽 두부 장수 종소리에 호들갑 떠는 참새 떼
땡땡땡 전봇대 따라 휑하니 고개 돌린 전차
덕지덕지 겹친 벽보 위의 무뚝뚝한 육교

시대를 말하여도
더 이상 통곡하지 않는
청진동 해장국에 걸친 막걸리
시원한 방뇨에 머리 박은
지린내 천국 종삼
반쯤 타다 꺼진 연탄재만이 길이 되는
2가에서 6가의 검은 눈 눈 눈길

그를 생각하면

눈발 없이도 설중매를 만나고

물 없이도 하르르 피라미 떼 차오르고

밥 잘 먹었냐 한마디로

청춘의 밥이 돌처럼 굳은

어깨깃을 꼿꼿이 곤추세웠던

저 추운 사랑의 종착역

그래 친구야,

밥 먹었는가, 밥 먹었는가, 밥 잘 먹었는가,

아직 밥이 되지 못한 눈물 한 그릇

그를 생각하면 나는 이제사 청춘!

—「그를 떠올리면—산사에게」 전문

　여기서 '그'는 그의 시 창작에 많은 영향을 주었고 '못'을 주제로 한 연작의 방향을 제시한 평생의 도반 산사山史 김재홍 교수다. 그를 떠올리면, 추억의 여과 과정에 의해, 육십의 나이가 청춘이 되는 힘이 생긴다고 했다. 산사 김재홍 교수에게 주는 헌시의 성격을 지니고 있지만 시의 실상을 보면, '그'는 바로 육십 년대 말에 시단에 등장하여 젊은 혈기로 세상을 뛰어다녔던 김종철 바로 그 사람임을 알 수 있다. 끝부분에 반복되는 "밥 먹었는가"라는 말도 그의 시 「밥에 대하여 1」(『오늘이 그날이다』)을 연상시킨다. 재개발 지역 철거 현장의 비인간적 상황을 간명한 문장으로 사실적으로 묘사한 이 시에서 그는 인간 생존의 가장 원초적이고 본능적인 수단인 '밥'의 상징성을 제시했다. 철거에 항의하기 위해 '밥'을 거부하고 단식으로 저항하는 박 신부에 대한 깊은 이해와 공감이 반어적인 어법의 저항 의식으로 표현되었다. '검은 눈'으로 표상되는 60년대의 우울한 절망적 풍경에 음주와 방뇨로 저항했던 젊은 날을 회고하며 아침 잘 먹었느냐는 말로 인사를 대신하던 천진한 밥의 시대의 의미를 반추한다. 지금은 풍요에 길들여져 밥 이외의 것을 찾아 헤매는 시대이지만, 시인은 그 친구의 눈물이 아직 밥이 되지 못했다고 적었다. 저녁 밥상에 동그랗게 둘러앉아 한 끼의 밥을 나눌 수 있는 단란한 공동체가 아직 마련되지 못했음을 한탄하며, 그를 생각하면 여전히 나는 청춘이라고 외치고 있다.

일상의 삶이 지속되고 진정한 평안의 시간이 마련될 때 시인은 "자주 제 손등 찧는 못난 나"의 자책의 자리에서 벗어나 평범한 생활인이 된다. 그때 평범한 생활인으로서도 새로운 깨달음의 경지에 이를 수 있음을 다음 시가 보여 준다. 인위적으로 깨달음을 추구하는 것이 오히려 깨달음에서 벗어난 일이라는 것을 새롭게 깨닫는다.

꽃이 지고 있습니다
한 스무 해쯤 꽃 진 자리에
그냥 살았으면 좋겠습니다
세상일 마음 같진 않지만
깨달음 없이 산다는 게
얼마나 축복받은 일인가 알게 되었습니다

한순간 깨침에 꽃 피었다
가진 것 다 잃어버린
저기 저, 발가숭이 봄!
쯧쯧
혀끝에서 먼저 낙화합니다
　—「봄날은 간다」 전문

　깨달음 없이 사는 게 오히려 축복임을 알게 된다면 저 힘
겨운 탐구의 행로로부터 잠시 벗어나도 좋을 것 같다. 세상
일을 애써 탐구하는 것보다는 다가오는 모든 것을 순리로 받
아들일 때 여유와 축복이 느껴지기도 한다. 봄에 핀 꽃은 때

가 되면 저절로 떨어진다. 그것은 자연의 순리이기에 안타까워할 일이 아니다. 봄꽃처럼 그렇게 스스로 자신을 버릴 줄 안다면 삶의 무게도 훨씬 가벼워질 것이다. 시인은 봄꽃이 떨어지는 정경에서 이러한 세상의 이치를 감지한 것이다. 삶이 무엇이고 인간 존재가 무엇이냐를 따지기 이전에 있는 그대로 세상을 보는 것. 이것이 사실은 우리에게 평안을 안겨준다. 이제 그에게는 창밖의 낙화의 정경을 보면서 도시락의 평화로 나머지 시간을 가꾸어 갈지 여전히 자신의 진정한 자아를 찾는 힘든 길로 가야 할지 선택의 시간이 남아 있다. 이후의 행로를 보면 그는 분연히 몸을 일으켜 다시 자신의 존재를 찾는 길로 나아갔다. 그가 시인인 증좌다.

3. 존재의 일상—아내

자신의 실체를 찾으려는 그에게 추억의 힘과 더불어 정신의 균형을 지켜주는 또 하나의 중요한 요소는 바로 그의 아내다. 그의 데뷔작 「재봉」에 등장한 아내는 가상의 아내였지만, 신춘문예에 당선된 몇 년 후 그는 실제의 아내를 맞이하여 마지막 날까지 동반자로 지냈다. 그 아내의 재봉 소리에 눈 내리는 하늘나라의 꿈을 담으며 살아왔는지는 모르지만, 60년대

와 70년대의 삶이 각박했으니 그리 순탄한 행로가 펼쳐졌을
것 같지는 않다. 때로는 다투기도 하고 때로는 돈 때문에 걱
정도 많이 했을 평범한 일상의 시간이 두 사람을 밀고 왔을
것이다.

신혼 시절 가끔 부부 싸움을 하였습니다
그때마다 아내는
나를 자신의 십자가라고 했습니다
남몰래 울기도 했다 합니다
나는 오래도록 잊지 않았습니다

이제는 환갑에 이른 내가
아내의 십자가에서 내려갈 차례가 되었습니다
개밥바리기별이 뜰 때까지
망치 든 자는 못대가리만 보고 있습니다
저무는 당신의 강가에는
아직 세례자 요한이 오질 않았습니다
ー「아내의 십자가」 전문

신혼 시절 부부싸움을 하면 그때마다 아내는 남편을 자신

의 십자가라고 말했다. 화가 난 남편을 달래려고 한 말이겠지만 이 말은 대단한 울림을 지니고 있다. 기독교 신앙을 가진 사람에게 십자가는 아주 중요한 상징물이기 때문이다. 십자가는 원래 형벌의 도구였다. 그런데 예수가 십자가에 매달려 지상의 생명을 마치는 일을 행함으로써 십자가는 기독교의 가장 중요한 상징으로 자리 잡았다. 십자가는 일차적으로 고통의 의미를 지니고 있다. 십자가 처형은 당시 가장 고통스러운 형벌이었기 때문이다. 예수는 말로 다 표현하기 어려운 고통을 감수하고 자기희생의 길을 걸었다. 그렇게 자기 생명을 바쳐 인간의 죄를 대신 짊어지고 죽음으로써 인간 구원의 길을 열었다. 그런 점에서 십자가에는 고통, 시련, 희생, 대속代贖, 구원 등의 의미가 포함된다.

아내가 남편을 자신의 십자가라고 말했다는 데에는 앞에서 말한 몇 가지 의미가 중첩될 것이다. 처음에는 종교적 의미가 아니라 단순하게 고통과 희생의 의미로 말했을 것이다. 화난 남편을 대하는 것이 고통스럽지만 그래도 자신을 희생하고 남편에게 헌신하는 존재가 되겠다는 뜻으로 이야기했을 것이다. 그렇다 하더라도 남편을 십자가라고 하는 아내는 참으로 복되도다. 그렇게 남편을 받들며 희생과 헌신의 대상으로 생각하는 아내가 이 세상에 몇이나 되겠는가. 남편은 나이가 들면서 아내의 그 말이 새롭게 다가왔다. 일상적 의미에서 벗어나 종교적 의미로 그 말을 해석하게 된 것이다.

회갑의 나이에 이르러 남편은 아내의 십자가에서 내려갈 차례가 되었다고 고백한다. 아내가 괴로움을 견디며 남편에게 희생하고 양보하는 태도를 취하는 일을 멈추게 하겠다는 뜻이다. 그렇게 되려면 자신의 태도 변화가 있어야 한다. 아내를 자신의 십자가로 삼지는 못한다 하더라도 더 이상 아내가 남편을 위해 자기를 버리는 일은 없도록 해야 하는 것이다. 아내가 고통의 눈물을 흘리는 일은 없도록 해야 할 것이다. 그러나 남편은 "망치 든 자는 못대가리만 보고 있습니다"라고 말하였다. 몸이 마음을 따라가지 못하는 것이다. 참으로 안타까운 일이다. 꽃을 든 자는 꽃 바칠 대상을 찾는 법이지만 망치를 든 자는 그것으로 내려칠 못대가리만 찾을 뿐이다. 못 박힌 존재의 아픔이라든가 희생의 고귀함 같은 것은 미처 생각하지 못한다.

손에서 망치를 내려놓기 위해서는 어떻게 해야 하는가. 시인은 세례자 요한의 영접이 필요하다고 했다. 성서에 나오는 세례자 요한은 물로 죄를 씻어내고 사람을 거듭나게 하는 선지자다. 그는 광야에서 사람들에게 회개하라고 외쳤다. 회개하는 사람은 물로 몸을 씻는 의식을 통해 정화된 영혼으로 거듭나게 했다. 세례자 요한에게 다가가려면 손에서 망치를 내려놓아야 한다. 그래야 못대가리가 사라지고 아내의 마음이 온전히 눈에 들어올 것이다. 마음은 그렇게 움직이는데 지금까지의 관성이 몸을 그대로 붙들고 있다. 세례자 요한이 필요한 것이 아니라 사실은 마음의 변화가 필요하다. 마음이 먼저 세례자 요한을 맞이해야 하는 것이다.

오랜 가톨릭 신앙생활의 결과 시인은 아내를 십자가로 받아들일 마음의 준비는 해놓은 것 같다. 세례자 요한만 오기만 하면 즉시 과거의 죄를 정화하고 새로운 영육으로 태어날 마음의 준비를 갖추었다. 다음의 시는 그러한 예감이 틀리지 않았음을 알려준다.

아내는 오늘도

도시락을 싸 가지고 출근합니다

이제나저제나 미덥지 않은 남편

입가에 붙은 꼿꼿한 밥알 같은

먹다 남은 반찬 냄새 같은

서툰 나의 처세를

아내는 자반고등어 한 손처럼

꼬옥 안아 줍니다

숟가락 젓가락 나란히 놓인

저녁 밥상 하늘 위로 나는 철새

우리는 함께 책장 넘기는 소리 듣습니다

어쩌다 바람 부는 날에는

헐거워진 문짝 고치다

자주 제 손등 찧는 못난 나를

아내는 꿈속에서도 도시락 싸듯 달려옵니다

―「도시락 일기」 전문

여기에는 처녀작 「재봉」에 나오는 '눈 오는 소리'의 이미
지가 나온다. 그만큼 삶의 현실적 고통보다는 낭만적인 생의
동경 쪽으로 시상이 기울어 있으며 환상을 통한 생의 위안에
비중이 놓인다. 이 시에는 두 개의 의미 축이 설정되어 있다.
하나는 평온하고 단란한 가정의 정경이며, 또 하나는 처세에
서툴러 미덥지 못한 남편의 모습이다. 전자는 "숟가락 젓가락
나란히 놓인 / 저녁 밥상"으로 표상되는 가지런한 평형미의
세계이고, 후자는 "입가에 붙은 꼿꼿한 밥알"이나 "먹다 남은
반찬 냄새" 같은 불균형과 부조화의 세계다. 이 둘은 이항 대
립의 위치에 놓여 자칫하면 충돌할지 모르는 상태에 있다.

그런데 이 대립적 세계를 이어 주고 둘 사이의 평형을 이

루어 주는 것이 바로 아내의 도시락이다. 아내를 통해 확보되는 생의 평형은, 추억을 통해 간신히 유지되는 시인의 불안한 자기 인식을 흔들리지 않게 붙잡아 주는 역할을 한다. 아내가 제공하는 생의 평형 의식을 표상하는 상징적 대상이 바로 도시락이다. 지금도 도시락을 싸 가지고 다니는 아내의 균형 잡힌 삶의 감각이 없다면 남편은 다시 바람 부는 날마다 제 손등을 찢는 실수를 반복할지 모른다. 아내의 균형을 통하여 남편의 방황이 정돈되는 것이다. 아내가 남편을 자신의 십자가라 칭하고 남편이 아내를 십자가로 인식한다는 것은 두 사람이 긍정의 공유 부분을 갖고 있다는 뜻이다. 그 긍정의 아이콘이 바로 도시락이고 도시락을 통해 두 사람의 대립적 요소는 희석된다. 부부가 함께 도시락을 나누어 먹는 시간은 남편과 아내의 사랑, 그들을 둘러싼 세상의 크고 작은 대상들에 대한 긍정을 확인하는 승화의 시간이다. 번잡한 세상사의 경우건 보이지 않는 내적 문제에 관해서건 아내에 대한 사랑을 통해 마음의 균형을 얻으니 그는 십자가의 경건함 속에 생을 관조하며, 헌신하고 희생하는 삶도 도모할 수 있을 것이다. 그러므로 아내의 마음속에서 십자가와 도시락은 대등한 존재가 된다.

존재의 전환을 위하여

1. 베트남 전쟁의 회상과 증언

일곱 번째 시집 『못의 사회학』(2013)은 아주 중요한 시집이다. 그의 과거의 시작을 종합하고 있기 때문이고, 다양한 주제가 새롭게 열리고 있기 때문이다. 그의 시집 중 가장 다양한 흐름을 보인 시집이라고 할 수 있다. 시집의 1부 '못의 사회학'은 사회 비판의 시들이 담겨 있다. 그의 첫 시집의 현실 비판을 떠오르게 하는 작품들이 모여 있다. 그 현실 비판은 자기 비판으로까지 이어진다. 1부의 첫 작품 「슬픈 고엽제 노래— 못의 사회학 1」은 베트남 참전의 역사적 의미를 점검한다. 단순히 추억의 시가 아니라 자신이 가담한 전쟁이 어떤 의미를 지닌 것인가를 반성하고 성찰하는 내용이다.

                    *

참외는 노랗다
참외는 참회한다
제 속의 많은 씨만 헤아리기에는
그 죄가 너무 깊고 달다

고엽제는 오렌지색이다
에이전트 오렌지*
빈 드럼통만 굴리는 속죄는
소리만 크다
많은 씨를 헤아리지 못했던
그 죄가 천벌이다

                    *

파월 참전용사들은
영문도 모르고 고엽제에 폭로되었다
참호 속보다 더 농익은
꽉 막힌 정글을 터 주던 저놈들이

40여 년 지난 지금

늙은 전우 찾아 하나씩 말려 죽이고 있다

에이전트 오렌지라는 이름으로

검은 베레모를 쓴 다이옥신!

몇 대의 비행기가 분무기 뿌리듯 지나가면

정글은 파삭 늙어 버렸다

가을도 없이 말라비틀어져 버렸다

선택적으로 죽이는 강력한 제초제

그래그래, 잡초 같은 전우들이 어디 한둘이더냐

*

폭로된 전우들은 75세 이상이 돼야 보훈병원 진료비를 감면받을 수 있다고 선심 썼던 나라 대한민국. GNP 103달러밖에 안 된 피죽도 먹기 힘들었던 그 당시, 미국과는 참전 수당으로 1인당 월 200달러 받기로 계약했지만, 정부는 월 30~40달러만 지급하고 국가경제 부흥 명목으로 차압했던 우리나라 좋은 나라.

우리들은 참외 속의 씨보다 더 많이 파병되었다.

한번 용병은 죽어서도 애국자가 되어야 했다.

왜냐구? 참외는 씨를 많이 품을수록 더욱 단 법이니까!

● 월남전에서 사용된 고엽제. 다이옥신이라는 맹독의 화학물질이 포함되어 있어 초미
량이라도 인체에 들어가면 각종 암과 신경계 마비를 일으킨다.

—「슬픈 고엽제 노래—못의 사회학 1」전문

이 시는 처음에 단순한 언어유희로 가볍게 시작한다. 참
외와 참회를 음성적 유사성으로 엮어 노란 참외에 대해 이
야기하지만 사실은 이 시가 참회의 고백이라는 것을 암시한
다. 노란 참외가 등장한 것은 고엽제 에이전트 오렌지의 오
렌지색 때문이다. 그리고 당도가 높은 참외 내부에 들어 있
는 많은 씨는 화자의 죄의식의 양을 암시한다. 참외의 씨처
럼 많은 죄를 세상에 내질렀기에 시인은 참회의 고해성사를
수행하는 중이다. 자신의 참회가 진정한 참회인지 "빈 드럼
통만 굴리는" 소리만 큰 참회인지 다시 자문한다. 시인은 베
트남 밀림의 무성한 나무와 잎을 없애기 위해 전투를 앞두
고 고엽제를 무차별 살포한 행동을 가장 큰 잘못으로 떠올린
다. 그때는 그 약이 어떤 부작용을 가져올지 생각도 못 하고
그저 전쟁에 이겨야 한다는 생각으로 살포했다. 그 후유증은
나중에 참전 군인들을 통해 나타났다. 많은 전우들이 잡초처
럼 총에 맞아 쓰러졌고 살아온 전우들은 나중에 고엽제 후유
증에 시달렸다. 시의 후반부에 우리나라의 감염 현실과 피해
상황을 사실에 바탕을 두고 서술했다. 그리고 국가의 외화

획득을 위해 젊은이들이 전쟁에 용병으로 나간 사실도 기록했다. 자유 우방을 돕는다는 명분으로 참여했지만 사실은 조국 근대화의 경제적 기반을 위한 수단으로 이용되었던 아픈 현실을 폭로했다. 베트남 전쟁은 지나갔지만 고엽제 피해자들을 통해 그 상처는 지속되고 있고 역사의 과오는 참회만으로 씻기기 어렵다는 생각을 강하게 드러냈다.

베트남 참전 관련 시가 나왔으므로 시집 4부 '우리들의 신곡'에 있는 참전 회상의 작품부터 검토하는 것이 좋을 것 같다. 단테의 『신곡』은 지옥으로 들어가 연옥을 거쳐 천국에 이르는 과정을 서술한 답사 여행기적 서사시다. 작품의 반 이상이 지옥 탐사기로 채워져 있어 인간의 죄가 어떤 징벌을 받는지 자세히 알 수 있다. 시인은 베트남 참전 경험이 지옥 탐사에 해당한다는 생각으로 4부의 제목을 '우리들의 신곡'으로 정했을 것이다. 첫 작품 「젊은 잎새들의 전우에게」의 마지막 행에 "여기에 들어오는 자여, 희망을 버려라"라는 『신곡』의 지옥문 비명碑銘이 인용되어 있어 그 연관성을 직접 드러낸다. 이 첫 작품은 65세의 나이에 파월 참전 수당을 받는 자신의 형편을 직접 이야기함으로써 베트남 회상의 시작을 알린다. 베트남 참전은 젊은 그에게 평생 씻기지 않는 정신의 상흔으로 남은 것이다.

두 번째 작품 「용병 이야기」에서 자신의 처지를 "하루 일당 1달러 80센트"를 받는 용병으로 기술한다. 이빨까지 덜덜거리는 겨울에 강원도 오음리 특수 훈련장에서 연병장을 기어 다니는 지옥 훈련을 받고 꽃 피는 봄에 전함을 타고 베트남으로 향했다. 면회를 왔던 형은 지포 라이터로 담뱃불을 붙여 주며 이 라이터처럼 "활활 살아서 돌아와야 한다고" 그것을 선물로 주었다. 그러나 전함을 타고 먼 바다로 나갔을 때 그 라이터가 사라졌다. 단짝 동료가 이 배 안에 왕년의 소매치기라든가 어두운 배경의 사람들이 다 타고 있다고 귀띔해 주었다. 라이터처럼 활활 살아서 돌아오기는커녕 베트남 참전 출발 단계에 호신용 선물을 분실한 것이다. "지포 라이터라는 이름으로 나는 가장 먼저 전사했다"(「지포 라이터를 켜며」)라고 시인은 썼다. 죽음의 그림자가 출발 첫 행로부터 시인에게 엄습해 왔음을 기록한 것이다.

전우들은 액운을 막아준다고 저마다 '빨간 팬티'를 입었다. 살아남기 위한 부적이었다. 그것을 입지 못한 자신에게 동료들은 왜 그것도 몰랐냐고 물었다. "그때 나는 또 한 번 패잔병이 되었다"(「빨간 팬티」)라고 썼다. 「그 무렵, 말뚝처럼 박힌」, 「대수롭지 않게」, 「군번 12039412, 작은 전쟁들」, 「손톱을 깎으며」 등은 전투 현장을 직접 기술했다. 월남전에 참전했던 사람들은 그때의 이야기를 거의 발설하지 않는다. 그것이 불문율처럼 되어 있다. 너무 끔찍한 기억을 되살리는 것이 싫기 때문이다. 나의 숙부는 일제 말 징병으로 차출되어 남양군도로 끌려가 복무하다가 해방을 맞아 돌아왔다. 죽은 줄 알았던 사람이 거지 차림으로 돌아왔는데 어떻게 지냈느냐는 사람들의 물음에 한마디 대답도 하지 않았다고 한다. 재담과 희언으로 이야기하기를 즐겼던 숙부인데 내게도 돌아가실 때까지 그 시절 이야기는 한마디도 꺼내지 않으셨다. 얼마나 처참한 경험을 했기에 입에 담지 않았던 것일까. 너무나 치욕적이고 끔찍한 사연이기에 떠올리기조차 싫었던 것이다. 그런데 김종철 시인은 그것을 시로 표현했다. 그때의 상처와 아픔을 기록으로 남겨야 한다는 의무감 같은 것이 작용했던 것이 아니었을까. 이 네 편의 시를 포함한 그의 베트남 참전 시는 소설에서나 볼 수 있는 현장의 체험을 감정의 차원에서 기록하고 전달한 소중한 성과로 남을 것이다.

2. 죽음과 삶, 존재의 새로운 차원

앞에서 존재 탐구는 그의 평생 시작의 줄기찬 과업이라는 말을 했다. 『못의 사회학』에 이르러 그의 존재 탐구는 죽음과 관련을 맺기 시작한다. 죽음이란 무엇인가. 죽음의 단계를 지나면 나라는 존재는 어떻게 변하고 현재의 나와 어떤 관련을 맺는가. 이런 점에 관심을 갖고 그 문제를 집중적으로 탐구하기 시작한다. 메멘토 모리Memento mori. 삶을 바로 보려면 죽음을 알아야 한다. 죽음을 바로 알면 삶이 훨씬 가벼워진다. 자신이 죽는 존재임을 알고 죽음의 그날로 돌아가 오늘의 일을 다시 생각하면 삶의 어려운 매듭이 상당 부분 풀린다. 죽음을 생각하는 것은 삶을 살피기 위해서다. 2부의 첫 작품 「나 죽은 뒤」는 죽은 다음에 망자의 혼으로 삶의 국면을 관찰하는 상상의 스토리텔링을 시도한다. 칠성판에 못이 박힌 후 망자의 혼령은 천하 순례에 오른다. 망자의 혼령은 헐벗은 등에 눈에 밟히는 손자도 업어보고 돌아가신 어머니도 업어보고 북망산을 빈 몸으로 떠돈다.

아득한 밤하늘엔 온갖 못 모양의 많은 별들이 달려 있다. "못대가리가 없는 별"에서부터 "못대가리가 양 끝에 둘인 별"까지 못대가리를 중심으로 다양한 형상을 나열했다. 그 별은 지상에 존재하는 인간 군상의 표상이자 시인이 지상에서 노래한 다양한 '못' 주제의 시편들이다. 시인은 그 별을 보며 "나 죽은 뒤 나로 살아갈 놈들이라니"라고 감탄하며 착잡한 심정을 표현한다. 그가 남긴 시들이 그가 죽은 뒤 김종철로

175

대신 살아갈 존재라는 뜻이다. 사람은 죽지만 그의 시가 남
고 그 시가 사람을 대신한다. 시인은 자신의 분신으로 시를
창조하고 세상을 떠나는 것이다.

이렇게 죽음과 삶을 연관 지어 사유하는 시인은 해외 여행
지에서 순례 기도를 올리면서도 삶과 죽음의 문제에 대해 독
특한 사유를 펼쳐 냈다.

해 질 무렵 참수터 입구
모기 한 마리가 맴돌았다
쉿!
침묵의 순례를 가르치는
죽은 바오로 동상이 입술을 가리켰다
무릎 순례하는 동안
나는 무수히 물어 뜯겼다
윙윙거리는 소리에 속수무책이었다
그래그래 실컷 빨아 먹어라
차라리 발끝까지 뒤집어쓸
위선의 침대보가 없어서 좋았다

당신의 목 잘린 제단과

순교의 머리가 통통 튀어 오른 자리마다

은혜로운 맑은 샘이 솟아올랐다

나는 긴 기도와 함께

흡혈귀처럼 엎드려 목을 축였다

그때 누군가 등 뒤에서 손바닥으로 나를 탁 쳤다

내 순교의 머리통을 든 모기가

사방 피로 튀었다

그날 피를 너무 빤 모기처럼

세상을 잘 날지 못하는 나는

한 마리 모기로 빙의되었다

쉿!

얼치기 신자만 보면 피 빨고 싶다

두 손 모으고 눈 감은 속수무책의 저 얼치기

빨대만 꽂으면

취하도록 마실 수 있는 저 통통한 곳간!

―「모기 순례―못의 사회학 11」 전문

　　장경렬 교수의 설명에 의하면 이 시는 성 바오로가 순교한
자리에 세워진 로마의 트레 폰타네 수도원을 순례하고 쓴 것
이라고 한다. 이 수도원의 유래와 종교적 의미에 대해 장경

렬 교수는 다음과 같이 자세히 설명했다.

확신컨대, 시인은 성 바오로가 순교한 자리에 세워진 트레 폰타
네 수도원을 찾은 것이리라. 로마에 있는 이 트레 폰타네 수도
원의 '트레 폰타네'라는 말은 '세 개의 샘'으로 번역될 수 있는데,
이 수도원이 그런 이름을 갖게 된 연유는 다음과 같다. 로마의
황제였던 네로의 명령으로 예수의 사도 가운데 한 사람인 바오
로에게 참수형이 내려진다. 그런데 바오로가 참수된 바로 그 자
리에서 그의 머리가 튀어 올라 서로 다른 세 지점의 땅을 쳤다고
한다. 그리고 그곳 모두에서 샘물이 솟았다고 한다. 오늘날까지
도 맑은 물이 솟아오르고 있는 이 세 개의 샘을 찾아 순례 여행
을 떠나는 일은, 그리고 그 샘에 이르러 목을 축이는 일은 아마
도 가톨릭 신자라면 누구나 소망하는 바일 것이다.[3]

순교 성지를 방문한 김종철 시인은 현장이 주는 생동감에
의해 시심이 자연스럽게 솟아났는지 자유롭고 기발한 상상
력으로 독특한 작품을 구성했다. 한마디로 말해 이 시는 신
앙의 위선 문제를 비판한 작품이다. 앞의 설명에서 충분히

---

3 장경렬, 『김종철 시인의 '언어 학교'를 찾아서』, 문학수첩, 2021, 121쪽.

간파할 수 있는 것처럼 이 성지는 바오로가 참수형을 당한 장소다. 참수형을 행하자 바로 기적이 일어났다. 바오로의 머리가 튀어 올라 세 지점을 치고 떨어졌는데 그곳에서 모두 샘물이 솟아올랐다는 것이다. 이 거룩한 성지에서 참수당한 바오로의 동상은 침묵을 가르치고 있다. 묵언 기도가 신자들이 할 일이다. 입을 다물고 경건히 기도하는 화자에게 모기가 달려든다. 무릎을 꿇고 기도하는 화자는 모기가 달려들어 피를 빠는 것을 꾹 참고 견딜 수밖에 없다. 어떤 신자들은 모기를 피해 몸을 천으로 가리기도 하는 모양이다. 시인은 그것이 위선적이라는 생각이 들어 그대로 기도를 올렸다. 바오로가 극형을 당한 이곳에서는 모기에게 피를 빨리는 정도의 시련은 신앙인이라면 감수해야 한다는 생각이 들었을 것이다. 그러한 마음의 상태를 "그래그래 실컷 빨아 먹어라"라고 표현했다.

은혜로운 기적의 샘에서는 지금도 맑은 물이 솟아오른다. 기도를 마친 시인은 순교의 자리에 솟아난 샘물에 입을 대고 목을 축였다. 그러한 자신의 동작을 뜻밖에 "흡혈귀처럼"이라고 표현했다. 이것은 바로 전에 모기에게 피를 뜯긴 경험이 반영된 말이다. 모기가 흡혈귀처럼 자기 몸의 피를 빨아 먹었는데 지금 샘의 물을 흡입하는 자기 자신도 모기와 같은 동작을 취하는 것이 아닌가 하는 생각이 문득 든 것이다. 여기서 시인은 자신과 모기를 순간적으로 동일화했다. 살기 위해 피를 흡입하는 모기나 목마름을 달래기 위해 샘물을 흡입하는 자신이 결국은 자신의 생명을 유지하기 위해 어떤 행동을 한다는 점에서 차이가 없다고 생각한 것이다.

그때 누군가가 등 뒤에서 손바닥으로 자신의 몸을 탁 쳤다. 몸에 달려든 모기를 쳤을 것이다. 자신의 피를 빤 그 모기의 몸이 터져 사방에 피가 튀었을지 모른다. 그 순간 시인은 자기 자신이 모기가 된 상상에 돌입했다. 자신이 모기가 되어 얼치기 신자만 보면 피를 빨고 싶은 충동을 느꼈다는 것이다. 이것은 얼치기 신자인 자기 자신에 대한 반성을 표현한 것이다. 바오로가 순교한 거룩한 자리에서 그의 관심이 모기에 가 있었다. 순교의 참된 의미를 묵상하지는 못하고 모기가 피를 빠는 것에 신경을 쓰고 엉터리 기도를 올린 것이다. 이런 얼치기 신자는 거룩한 성지에 있을 자격이 없다. 바오로는 신앙을 위해 목숨을 내놓았는데 자신은 피 조금 빨리는 것에 그리 신경을 썼으니 부끄러운 것이다. 눈을 뜨고 주위를 살펴보니 그런 사이비 신앙인이 한둘이 아니다. "두 손 모으고 눈 감은 속수무책의 저 얼치기"가 여기저기 보인다. 시인은 자신을 포함한 얼치기 신자를 "빨대만 꽂으면 /

취하도록 마실 수 있는 저 통통한 곳간!"이라고 풍자했다. 김
종철 시인의 유쾌하면서도 통렬한 풍자가 빛나는 작품이다.
시인은 순교 성지에서 겪은 일련의 사연을 통해 신앙을 가진
인간이 어떤 행동을 보이고 어떻게 살아야 할 것인가를 반성
한 것이다.

　이 시는 죽음과 삶의 관계를 통찰한 것은 아니지만 순교의
성지와 자신이 모기로 빙의된 특별한 상상을 통해 인간 존재
와 신앙의 문제를 성찰했다. 여기서 더 나아가 그는 죽음을
정시함으로써 삶의 존재성을 파악하려는 시도를 벌인다. 그
는 죽음이라는 관념을 타파하고 삶의 일부로 죽음을 수용하
려고 한다.

　「수의는 주머니가 없다—못의 사회학 14」를 보면 윤 3월
에 수의를 준비하는 풍습과 관련하여 자신의 죽음을 예비하
는 절차에 대해 "개똥 같은" 것이라고 비하한다. 그러면서 이
왕이면 수의에 주머니를 달아야겠다고 생각한다. 속세에서
애착을 보였던 개똥 같은 것들을 잔뜩 넣어 갈 생각이라는
것이다. 시인은 "살며 사랑했던 그날 모두가 개똥"이라고 생
각한다. 죽어서도 죽지 않는 자신의 분신들, 사랑했던 가족
들 그리고 시들을 모두 주머니에 담아 하늘 저쪽 하느님에게
보여드릴 생각이다. 장례 절차의 하나로 윤 3월에 미리 만드

는 수의에 주머니를 만들어 평생 사랑했던 모든 것을 담아가고 싶은 마음을 유머러스하게 표현했다. 우회적인 화법을 통해 사소한 사물들이 사실은 사소한 것이 아니라는 사실을 능청스럽게 돌려서 말했다. 이를 통해 죽음은 삶과의 단절이 아니라 삶의 연속이라는 생각도 은밀하게 담아냈다.

「폐차장 가는 길」은 자신이 타던 오래된 자동차를 폐차장으로 보내는 감회를 표현한 작품이다. 젊음의 시간이 응결된 그 자동차에 자신의 인생이 담겨 있는 것 같아 아쉬움이 크다. "눈물 많고 자주 눈물 흘리게 했던" 젊은 날 중고차를 사서 차주가 된 기쁨에 "기생오라비같이 빨고 핥았"던 물건이지만 세월 앞에 장사 없다고 이제 폐차장으로 가야 한다. 시동을 걸고 라이터를 켜 보아도 아무 문제가 없다. 그래도 보낸 세월 때문에 폐차장으로 가야 하는 그 자동차가 자신의 모습처럼 다가와 마음이 아프다. 자신도 언젠가는 폐차장으로 갈 것이다. 회한은 늘 인간의 늙음과 죽음 쪽으로 우리를 다가가게 한다. 잘 빠진 기생오라비 같던 시절은 가고 늙고 병든 육체가 대신 남는다. 생로병사가 인간의 숙명이다. "오늘은 나, 내일은 당신 / 부음 듣는 것"(「우리들의 묘비명」)이 인간의 순리다. 누구를 탓하고 누구를 원망할 것인가. 부음란에 이름을 올리고 묘비명 하나로 남는 것이 인생이다. 누구

든 폐차장으로 가야 한다. 세상 떠날 때에는 누구에게도 말
하지 않은 "못 중의 못 / 쇠못"을 마지막 비밀 열쇠로 단단히
잠그고 "이제와 함께 영원히"(「철정鐵釘에 대하여」) 작별을 고해
야 한다.

　　개망초가 잘 보이는 날은
　　어디서나 울기가 좋다

　　비로소 생의 철조망 걷힌
　　당신의 저녁
　　머리를 감기고
　　똥구멍을 씻기고
　　발가락 사이 때 문지르고
　　입관을 끝내었다
　　물 없이 목욕하는
　　길 밖의 개망초와 함께.
　　—「입관」 전문

　　개망초는 우리나라 들판에 가장 흔한 야생초다. 무덤 주변
이든 철조망 근처든 장소를 가리지 않고 핀다. 작고 흰 꽃이

무더기로 피어 있는 모습은 묘한 슬픔을 불러일으키기도 한
다. 개망초가 잘 보이는 날 누군가의 장례를 치렀다. 염을 하
고 입관을 했다. 입관은 고인을 마지막으로 보는 절차이기에
모든 사람을 울게 한다. 그 울음을 뒤로 하고 "비로소 생의
철조망 걷힌" 마지막 날 당신은 죽음의 세계로 당당히 입성
한다. 그러나 죽음과 삶 사이에는 가상의 철조망이 있다. 죽
음으로 가는 길목에 철조망이 있어서 그 경계를 넘어서지 않
으려고 사람들이 애쓰지 않았던가. 그러나 이제 생의 철조망
이 걷혔으니 죽음의 세계로 자유롭게 들어서게 된 것이다.

　새로운 세계로 떠나는 것이니 몸을 깨끗이 닦아야 한다.
머리부터 엉덩이까지 발가락 사이까지 다 씻고 정갈한 몸에
수의를 입히고 입관을 끝낸다. 여기서도 시인은 유머를 잃지
않고 "머리를 감기고 / 똥구멍을 씻기고 / 발가락 사이 때 문
지르고"라고 사실적으로 표현했다. 장례식장의 염은 물 없이
소독제 같은 약품을 사용해 닦는다. 하얗게 야위어 흰 수의
를 입은 모습은 들판의 개망초와 다름이 없다. 개망초가 잘
보이는 날 개망초의 몸으로 떠나는 것이다. 그래서 시인은
"물 없이 목욕하는 / 길 밖의 개망초와 함께."라고 했다. 사람
의 일생이 그리고 그가 남긴 육체가 들판의 흔한 야생초와 다
름이 없다는 생각이다. 그래서 "똥구멍", "발가락 사이 때" 같

은 경배와는 무관한 말이 사용되었다. 개망초를 장례 치르듯 한 사람을 입관한 것이다. 삶도, 죽음도, 장례도 이렇게 덧없는 것이다. 인간은 죽음 앞에 무상하고 무력하고 평등하다.

3. 다시 어머니—정화의 상징

끝으로 어머니에 대한 두 편의 시를 더 검토하고 유년에 겪은 거룩한 체험의 첫 순간을 음미하며 그의 시 의식의 정결한 축을 뚜렷이 세우고자 한다. 이 시집에 「빨래판」이라는 시가 있다.

어머니는 빨래판이다
세상 바람 쐰 것들을
비비고 치대고 문질러
죄 된 것만 씻기는
빨면대장경이다

한밤 초경의 첫 장을 씻은 누이
남루의 빨랫줄 따라
하얗다, 하이얗다 손뼉 치는 깃발

깃발은 모두 그렇게 운다

눈도 귀도 입도 없이
운명의 옷가지로 주름 파인
노점 시장 싸구려 좌판
어머니의 일생의 빨래판
우리들의 빨만대장경이다

—「빨래판」 전문

"나는 못이다"로 그의 존재 탐구 시가 출발하였듯 "어머니
는 빨래판이다"라는 명제로 이 시가 시작된다. '빨래판'이란
말은 '빨면대장경', '빨만대장경'이란 엉뚱한 말로 전이된다.
빨래판은 어머니가 빨래판을 이용해 모든 것을 세탁해서 정
화하는 점을 변용한 것이다. 그 정화의 기능은 세상의 죄를
씻어내는 작용도 한다. "세상 바람 쐰 것들을 / 비비고 치대
고 문질러 / 죄 된 것만 씻기는" 작용, 제대로 된 것은 그대로
두고 죄만 걸러내는 신비로운 역할을 한다. "초경의 첫 장"을
닦은 누이의 속옷도 깨끗이 씻어 하얗게 정화하는 일을 했
다. 초경의 부끄러움을 말끔히 닦아내고 하얗다고 손뼉 치는
깃발의 모습을 보일 수 있었던 것도 어머니의 신비로운 능력

이다. 그것을 기념이라도 하는 듯 "깃발은 모두 그렇게 운다"
고 시인은 썼다.

그런 정화의 능력을 가진 어머니가 실제로 한 일은 누추
하고 초라했다. 노점 시장 싸구려 좌판에 옷가지를 늘어놓고
팔아 식구들의 생활비를 마련했다. 그 노점 좌판에서 식구들
의 밥과 옷이 생기고 생활이 열린 것이다. 그러니 어머니의
좌판은 가족들의 생활이 담긴 팔만대장경이요 평생에 걸쳐
식구들의 죄와 아픔을 정화한 빨래판이니 어머니의 일생은
'빨만대장경'이라는 것이다. 어머니에 대한 사랑과 경모는 그
의 유고 시집 『절두산 부활의 집』(2014)에 실린 다음 시에 집
약되어 있다.

누구나 세 분의 당신을 모시고 있다
세상을 처음 열어 주신 엄마
세상을 업어 주고 입혀 주신 어머니
세상을 깨닫게 하고 가르침 주신 어머님

엄마의 무릎에서 내려오면
회초리로 사람 가르치는 어머니가 계시고
세상을 얻기 위해 뛰다 보면

부끄러움과 후회로

어머님 영정 앞에 잔 올린다

성모 아닌 어머님이

세상 어디에 있더냐

기도로 일깨우고

눈물로 고통 닦아 주신

엄마, 어머니, 어머님

모두 거룩한 한 분이시다

—「엄마. 어머니. 어머님」 전문

　당신을 부르는 세 가지 호칭에 어머니의 모든 것이 담겨
있다. 어릴 때는 우리들의 요구와 희망을 받아 주고 먹을 것
과 입을 것을 주신 엄마가 있다. 커서는 회초리로 우리를 가
르치신 어머니가 있고 돌아가신 다음에는 부끄러움과 후회
로 추모하는 어머니가 있다. 이 세 층위의 어머니는 시간과
공간을 달리하여 우리 앞에 모습을 드러냈다가 사라졌다. 이
세 층위의 상징성을 하나로 종합하면 가톨릭 신앙의 대상인
성모가 된다. 어릴 때의 엄마, 성인이 되어서의 어머니, 돌아
가신 다음의 어머님은 모두 거룩한 성모 한 분이라는 것이

시인의 생각이다. 어머니를 성장의 동력이자 정화의 대상으로 받아들이면서 자연스럽게 형성된 발상이다. 이러한 어머니의 상징 표상은 세계의 발견과 관련이 있다. 어린 시절 자신의 힘으로 새로운 세상을 접했을 때 얻게 된 특별한 체험은 새로운 세계의 발견이라는 점에서 시인의 의식에 불멸의 기억으로 새겨져 있다. 그 불멸의 기억에 어머니의 상징이 중요한 자리를 차지한다.

나는 거룩한 책이다
일생의 순례자들은
모두 신발을 고쳐 맬 일이다
그날 황사가 종일 불었다
드디어 모세의 지팡이는
활자를 갈랐고
나는 출애굽기를 기록했다

맨 처음 무작정 집을 나온 것은
여섯 살 때였다
전차가 타고 싶었다
땡땡땡 멈췄다가 다시 떠나는

긴 빨랫줄 같은 전깃줄을 잡고
궤도 따라 미끄러져가는
앞뒤 없는 유년
그날 꼬깃꼬깃 모은 지폐로
첫 출발의 차표를 끊었다
갑자기 사람들은 모두 뒤로 걷고
가로수와 집마저 뒷걸음치는 세상
잘 보였다
모세를 좇는 한 무리 병사들이
일진광풍을 일으키며 달려오고
읽다 둔 구약의 몇 페이지가
모래와 함께 날아가며
점자처럼 또렷하게 더듬어지는 유년의 종점
사람들은 모두 내렸다
현기증에 두 눈을 꼬옥 감은 나만
영문도 모른 채 우두커니 남아 있었다

그날 빈털터리인 어린 나는
선로 따라 울며 울며 되돌아왔다
온 집안은 발칵 뒤집어졌다

모세가 바다를 열고

피신시킨 그날

내 어린 등짝에 부리나케 떨어진 것은

부지깽이 세례였다

바깥세상을 몰래 본 은총이었다

　―「거룩한 책」 전문

　이 체험은 어머니를 엄마로 부르던 여섯 살 때의 이야기
다. 이 거룩한 체험을 통해 모세를 따른 출애굽의 사람들처
럼 새로운 세계를 발견함으로써 그는 계율과 징벌의 표상인
어머니의 세계로 이동하게 된다. "나는 거룩한 책이다"라는
첫 행은 그날의 상징성을 하나의 명제로 제시한 것이다. 억
압의 왕국을 탈출하여 신세계를 발견한 것이니 모세의 지팡
이가 나오고 출애굽기가 등장한다. 그만큼 자신에게는 중요
한 생애사적 사건이었다. 무작정 집을 나오니 거리 복판을
지나는 전차가 눈에 들어왔다. 긴 빨랫줄 같은 전깃줄에 매
달려 궤도 따라 미끄러져 가다가 땡땡땡 소리 내며 멈췄다가
다시 떠나는 전차가 아주 신기했다. 그래서 "꼬깃꼬깃 모은
지폐로 / 첫 출발의 차표를 끊었다". 유년의 종점을 지나 소
년의 첫 출발이 이루어진 것이다. 달리는 전차 밖으로 사람

들이 뒤로 사라지고 가로수와 집 들이 뒷걸음치는 모습이 경이로웠다. 어느덧 전차는 종점에 도착하여 사람들이 모두 내렸다. 소년은 영문을 모른 채 우두커니 남아 있었다. 평생 처음 느끼는 두려움이 그의 온몸을 휘감았을 것이다. 소년은 현기증을 일으키며 두 눈을 꼭 감았다. 돌아오는 길도 모르고 돌아올 차비도 없었던 그는, 그래도 꾀가 많아서, 갔던 선로를 따라 울면서 되돌아왔다.

돌아온 자신의 등짝에 가장 먼저 떨어진 것은 부지깽이 세례였다. 그 세례는 "바깥세상을 몰래 본 은총"으로 내게 주어진 선물이다. 그 세례를 베푼 사람은 물론 어머니였다. 새로운 세계를 발견하는 거룩한 체험에는 시련의 두려움과 징벌의 부지깽이가 입사식처럼 놓여 있다. 그러한 은총과 세례를 거쳐 소년은 엄마의 세계에서 어머니의 세계로 진입하게 된다. 그러한 내력을 기억하고 있는 자신의 마음속 서가에 '거룩한 책'이 존재한다. 정화의 상징인 어머니와 거룩한 책인 자신의 영육이 결합하여 다양한 못의 형상을 연출하며 말년의 김종철에 이르렀다. 그러므로 '거룩한 책'은 김종철 자신이다. 김종철 시인의 자기 존재론은 이러한 다양한 시공의 파노라마를 연출하며 생의 극점을 향해 나아갔다.

생의 종말, 혹은 부활

1. 죽음 앞의 유머

지금부터의 서술은 그의 여덟 번째 시집이자 유작 시집인 『절두산 부활의 집』(2014)을 중심으로 이루어진다.

앞에서 이미 언급한 대로 2013년 여름이 지난 후 그가 중병이 들어 위기에 봉착했다는 소식이 들려왔다. 다시 그로부터 몇 달 후 일본에 가서 최신 의술 치료를 받고 건강한 몸으로 돌아왔다는 소식이 또 들려왔다. 그 얼마 후 그의 신작시 일곱 편과 산문 한 편이 작품론 청탁서와 함께 전송되었다. 이 청탁을 받기 얼마 전 『현대문학』(2013. 12월 호)에 실린 그의 육필 시를 이미 접한 터였다. 맨 앞에 인용했던 시이지만 다시 인용한다.

애월아, 하면
달로 뜬 애월
물고기 풍경에 이우는 애월
젖고 또 젖으며 기다린
모두가 파도가 되어 버린
먼 훗날,
수줍게 고개 숙인 너는 떠나고
기차를 기다린다
기적을 울리는 바다를 기다린다
일생에 단 한 번
차표를 끊는 바다 기차역
나의 애월은,

—「애월」 전문

나는 이 작품을 여러 번 읽으며 "일생에 단 한 번 / 차표를
끊는" 애월의 의미가 무엇인가를 헤아려 보았다. 애월涯月은
제주도 서쪽 바닷가의 명승지 이름이다. 물가에 뜬 달이라는
지명은 비극적 아름다움의 음영을 자아낸다. 그 비극적 아름

다음의 장소로 가는 차표를 일생에 단 한 번 끊는다고 했으니 그곳은 죽음의 다른 이름이 아닌가. 더군다나 "기적을 울리는 바다를 기다리다" 비로소 차표를 끊는다고 했고, 젖고 젖으며 기다리다 모두가 파도가 되어 버린 먼 훗날 가게 될 곳이라고 했으니 내 마음에 죽음의 장소가 떠오른 것은 조금도 이상한 일이 아니었다. 그런데 일생에 딱 한 번 가게 될 그곳은 그렇게 신비롭고 아름다운 장소였던가? 김종철 시인이 중병에 걸렸다는 소식을 들었던 때 이 시를 읽었던 나는 죽음을 미학적으로 객관화한 그의 정신력에 감탄하지 않을 수 없었다. 이 시를 거듭 읽으며 그와 보낸 시간을 떠올리며 젖은 가슴을 쓸어내렸다.

그런데 그는 완치 판결을 받고 돌아왔고 신작 시 작품 해설을 내가 쓰게 된 것이다. 나는 행복한 마음으로 그의 산문「내가 진실로 사랑하는 것은」을 읽었다. 감동적인 한 편의 산문시였다. 사람이 절박한 고비에 이르면 모든 수식이 없어지고 이렇게 담백한 글이 나오는 것인가! 죽음의 선고를 받고 백척간두百尺竿頭에 서면 가슴을 울리는 명구들이 창조되는 것인가? 천하의 득음得音을 위해 스스로 맹목盲目을 취했다는 어느 절창 명인名人의 고사故事가 떠올랐다. 그의 산문에 이런 구절들이 나왔다. "'그분'이 잠복한 것임을 눈치챘다", "죽으려

나가는 퇴원도 있다는 걸 처음 알았다", "죽기도 전에 이미 존재하지 않는 자신을 보는 일도 고통이었다", "기도문은 나날이 더 가난해졌다. 짧은 단문으로, 그리고 단 한 줄에 이르렀다. 나는 외쳤다. 주여, 살려주소서!" 이러한 문장들은 그렇게 쉽게 나올 수 있는 것이 아니다. 나는 이 문장들을 보며 한 인간의 정신이 극한의 상황에 처했을 때 얼마나 예민해지고 심원해질 수 있는가를 새롭게 이해하게 되었다.

「오늘의 조선간장」부터 이야기를 시작해 보겠다. 이 시는 김종철 시인다운 어법이 살아 있는 작품이기도 하지만 그의 삶의 뼈대인 '어머니'가 나오기 때문에 세심히 읽을 필요가 있다.

소문만으로도 더 빨리 중환자가 되었다
안됐구먼, 그 팔팔한 양반이!
조심스레 격려 전화와 문자가 찍혔다
힘내, 파이팅!
나는 종목도 없는 운동선수로 기재되었다
이길 수 없는 경기에만 나오는 선수다

그중 가장 살맛나게 하는 소문은

이제 끝났어, 살아 오면 내 손에 장 지지지!
오랜만에 듣는 행복한 저주였다
일찍이 나를 잉태했던 어머니는
가난에 겨워 조선간장 몇 사발 들이켰지만
그래도 세상 구경한 나였지 않은가

오냐, 네놈부터 장 지지게 해 주마!
—「오늘의 조선간장」 전문

어머니는 그의 가슴에 단단히 박혀 있는 '못'이다. 앞에서
도 여러 번 언급했지만, 어머니는 그의 삶만이 아니라 그의
시 전반에 걸쳐 지속적인 영향력과 견인력을 행사한 상징적
존재다. 자신의 삶이 불행에 처했을 때, 삶의 더 높은 차원으
로 도약을 꿈꿀 때, 인간 존재의 근원을 통찰하려 할 때, 어
머니는 지속적으로 그의 시에 모습을 드러낸다. 「몸은 보이
지 않는데—오이도 6」에서 자신의 통절한 심정을 표현할 때
어머니의 수의 입은 형상이 나오고, 「시간여행 2—시간을 찾
아서」에서 시간의 의미에 대해 사색할 때에도 어머니의 형상
이 등장한다. 어디 그뿐인가? 시간의 흐름을 쫓아 전개되는
인간 삶의 모순과 실상을 탐색하는 야심적인 기획 작품 「오

늘이 그날이다」 연작이나 「만나는 법」 같은 시에도 어머니가 등장하여 삶과 죽음을 매개하는 중요한 역할을 한다. 어머니는 그의 시에 종교적 경건성만을 부여할 뿐만 아니라 생의 터전 전체를 관장하는 존재로 자리를 지킨다.

그 어머니는 나이 마흔에 남편을 여의고 사남매를 홀로 키운 분이다. 막내를 가졌을 때 가난 때문에 아이를 떼려고 진한 조선간장을 몇 사발이나 들이켰다고 한다. 그런데도 아이는 의연히 태어나 가난을 헤치고 성장하여 유명 시인이 되고 더 나아가 대형 출판사의 대표가 되었다. 그런 그가 암 4기 판정을 받았다. 이런 일일수록 소문이 빠르다. 그의 이동전화 화면에 문자가 수시로 찍힌다. "힘내, 파이팅"이 가장 많이 들어오는 문자다. 이것을 보고 시인은 자신이 "종목도 없는 운동선수"가 되었다고 생각한다. 파이팅은 경기에 출전한 선수에게 하는 말이니 그런 생각이 들 만하다. 그러나 시합에 나온 것은 아니니 참가한 종목은 없는 것이다. 더군다나 의사가 시한부 판정을 내렸으니 "이길 수 없는 경기에만 나오는 선수"가 아닌가. 이미 패전이 예고된 선수에게 "파이팅"이 무슨 의미가 있겠는가? 이 쓸쓸한 자조는 아무리 재기한 다음의 시라 해도 마음을 저리게 한다.

사람들의 마음은 천차만별이어서 남의 불행에 경거망동

하는 사람도 있다. "이제 끝났어, 살아 오면 내 손에 장 지지지!"라고 떠드는 사람은 없지 않으리라. 병중의 김종철 시인에게 이런 말을 전한 사람은 없었을 것이고, 인간 범사에 통달한 그가 짐작해서 떠올린 말일 것이다. 그러나 이러한 상황이 일어날 수 없는 일이라고 말할 수 있는 사람은 아무도 없다. 남의 불행을 안주 삼아 떠드는 사람이 얼마나 많은가. 그런데 시인은 이 "행복한 저주"가 그를 "가장 살맛나게" 했다고 적었다. 물론 반어일 것이다. 그러나 그 말이 꼭 살아나야겠다는 그의 의지를 불태운 것만은 사실일 것이다. 이때 떠올린 것이 어머니이고 어머니가 들이켰던 서너 사발의 진한 조선간장이다.

"장"은 "장 지지다"라는 말과 연결이 된다. 여기서 김종철 시인 특유의 유머가 폭발한다. "오냐, 네놈부터 장 지지게 해주마!" 오늘의 "김 장군"을 이룩한 생의 의지를 여기서 확인할 수 있다. 저 앞에서 말한 진선 한의원 김해석 선생이 직관으로 포착한 것이 바로 이 불굴의 생명력일 것이다. 이 한마디 유머에서 선악의 경계가 무너지고 칭찬과 욕설의 차이도 없어진다. 그는 경거망동하는 사람까지 격의 없이 자신의 동료로 포용하는 것이다. 죽음의 끝판까지 가면 이러한 마음의 여유가 저절로 형성되는 것일까? 그렇지 않을 것이다. 평생에 걸쳐 창작으로 일관한 존재 탐구의 이력이 있었기에 이렇게 깊은 인간 이해에 이른 것이다. 우리가 사는 사바세계에 남의 불행을 재미 삼아 떠드는 갑남을녀들이 많다는 사실도 그는 이미 알고 있었던 것이다.

시한부 병상
볼펜에서 만지작거렸던
생의 마지막 변화구인 볼펜으로
실밥 꾹꾹 눌러 던진
세 개의 스트라이크와 일곱 개의 볼
내 손을 벗어났다
견제구 두 개로
재산 파일을 수습하고
회사 대차대조표를 정리했다
커브 볼 세 개로
집사람 노후 대책
어린 손자 미래 보기
그리고 지인과 작별 준비하고
위협구인 빈볼 하나쯤으로
세상과 화해하고

일곱 번째는 직구로

꼭 가고 싶은 곳을 찾고

여덟, 아홉은 스트라이크 존에서 벗어난 볼

열 번째는 기습 번트에 출루시킨

부끄러운 내 욕망과 남루한 생의 옷가지

일생의 마운드에서

결코 교체되지 말아야 할 나는 패전투수

열 개의 버킷리스트로 기록된 자책점들!

―「버킷리스트」 전문

언어의 변화를 통해 시 읽는 맛을 안겨주는 또 하나의 작품이다. 그의 언어유희 기법이 유감없이 발휘되어 웃음을 안겨준다. 야구 경기에 많이 나오는 용어를 적절히 사용하여 상황에 맞게 재구성했는데 모든 요소가 사리에 맞아서 신기할 지경이다. 어떻게 죽음에 직면해서 이런 절묘한 유머를 구사할 수 있는지 감탄을 금할 수 없다.

시인은 지금 시한부 병상에서 죽음을 앞두고 버킷리스트를 작성하고 있다. 그러한 자신의 처지를 구원투수가 불펜에서 공을 연습하다가 등판하여 열 개의 공을 던지는 과정에 비유하여 재미있게 표현했다. 죽기 전에 이렇게 유머를 잃지 않고 자신이 할 일을 정리하는 사람이 있다면 그는 분명 생사의 어느 경지에 오른 사람일 것이다. 그의 장기간에 걸친 '못'의 탐구와 '등신불'을 위시한 종교적 사유의 천착이 이러한 정신의 경지로 승화된 것임을 하나의 생생한 사실로 확인하게 된다.

그가 잡을 수 있는 "생의 마지막 변화구"는 필기도구인 "볼펜"이다. 볼펜에 의지하여 마지막 변화구를 던져 자신이 펼친 경기의 마무리를 지으려 한다. 그는 "세 개의 스트라이크와 일곱 개의 볼"을 던졌다고 기록했다. 야구를 좋아하는 사람은 시인이 구사한 용어의 묘미에 매혹될 것이다. 견제구, 커브 볼, 위협구, 빈볼, 직구, 기습 번트 등 다양한 기법을 사용하여 재산 목록과 회사 재무구조에서부터 자신의 "부끄러운 욕망과 남루한 생의 옷가지"까지 세세하게 비유로 표현했다. 결코 교체되고 싶지 않지만 결국은 교체되고 말 "패전투수"임을 자인하고 "열 개의 버킷 리스트"도 결국은 자신의 "자책점"으로 기록되고 말 것이라는 통렬한 자인의 과정을 가벼운 바운드의 어법으로 보여주었다. 생의 마지막 순간까지 이렇게 시인의 자리를 지킬 수 있다면 그것은 진정 은혜요 축복일 것이다.

2. 경외성서經外聖書

남편이 병을 얻으면 아내도 함께 병을 앓고, 세상을 떠날 남편은 혼자 남을 아내를 생각하며 괴로워한다. 병든 남편보다 남는 아내가 더 괴롭기도 하다. 다음 작품은 병든 남편을 지키는 아내의 마음을 표현한 작품이다.

내가 병을 얻자
멀쩡한 아내가 따라서 투병을 한다
늦도록 엔도 슈샤쿠를 읽던 아내는
독한 항암제에 취한 나의 기도에
매일 밤 창을 열고
하느님을 직접 찾아 나섰다

길면 6개월에서 1년
주치의 암 선고 들었던 날 밤
날 보아요 과부상이 아니잖아요
병실 유리창에 얼비친
한강의 두 눈썹 사이에 걸린
남편을 보며

애써 웃어 보이던 아내
그래그래 아직은 서로 눈물을 보일 수 없구나
아무리 용 써 봤자 별수 없다는 것을
아는 당신과 나,

─「언제 울어야 하나」 전문

"날 보아요 과부상이 아니잖아요" 하고 애써 웃어 보이는
이 아내는 누구인가? 성당에서 고백성사를 할 때 못 자국이
유난히 많은 남편의 가슴을 보고도 못 본 체하던 그 아내가
아닌가? 부부 싸움을 할 때도 당신은 나의 십자가라고 말했
던 그 아내, 대형 출판사의 사장이 되었는데도 늘 도시락을
싸 가지고 다니며 처세가 서툰 남편을 "자반고등어 한 손처
럼 / 뒤에서 꼬옥 안아"(「도시락 일기」) 주던 그 아내가 아닌가?
더 나이 들어서 아내는 어머니의 분신으로 다가오기도 했다.
관료적이고 기계적인 주치의의 말, "6개월에서 1년" 선고를
들은 밤 아내와 남편은 병실에서 창밖을 내다볼 뿐 아무 말
도 할 수 없었다. "유리창에 얼비친 / 한강의 두 눈썹 사이에
걸린 / 남편을 보며" 아내가 한 말이 바로 위의 말이었다. "아
무리 용 써 봤자 별수 없다는 것을", 당신과 나 둘 다 알고 있
으나 속으로만 울 뿐 서로 눈물을 보일 수 없었던 두 사람 중

아내가 할 수 있었던 말이 바로 위의 말이다. 그 아내에게 하늘의 축복이 있을 것이다.

마지막 생명의 끈에 매달려 남편이 독한 항암제를 맞고 있을 때 아내는 창을 열고 나가 하느님을 찾아 나섰다. 「암 병동에서」에 의하면, 항암제를 맞으며 죽음을 유예하는 것은 항암제를 따라 "죽음의 순례"를 하는 것이나 마찬가지다. 항암 치료 받는 주사실은 "허연 슬픔"으로 자신을 맞는 "야전막사 교회"나 다름이 없다. 처음에는 낯설게 다가온 "허연 슬픔"이 낯선 존재가 아니라 내 속에 들어 있는 또 하나의 나였음을 시인은 죽음의 순례를 통해 깨달았다. 우리가 입고 다니는 남루한 삶의 의상에 가려 평소 드러나지 않았던 "알몸"의 실체가 바로 생의 고통이었음을 항암 투병 과정을 통해 깨닫게 된 것이다. 그러니 성서가 어디 따로 있고 교회가 따로 있는 것이 아니다. 누추한 삶의 허물에서 벗어나면 생의 고통과 함께 현존하는 이곳이 바로 교회고 여기서 얻는 깨우침이 복음이다. 이것을 시인은 간단히 "경외성서"라고 표현했다. 이 말에 담긴 착잡하고 다양한 상념이 오히려 감동적이다.

이제 시인은 병상에서 시를 쓴다. 그 과정이 「유작遺作으로남다」에 기록되었다. 서툰 유작을 남기지 않기 위해 "밤새 고

치고 다듬는다". 네 살배기 손주가 가지고 노는 "또봇"이 창
작 과정과 병치된다. 또봇은 자동차였다가 다시 다양한 로봇
으로 변신하면서 무적의 힘을 발휘한다. 그것처럼 '나'의 존
재도 어떤 것으로 합체되거나 변신될 수 있을까? 죽음의 아
침이 생각보다 일찍 다가오면 그야말로 "악담 퍼부은 유작들
만 분리수거"될지 모르는 일이다. 그 치욕을 피하기 위해서
라도 뼈아픈 창작의 과정이 필수적이다.

유작으로 남기고 싶지 않아
밤새 고치고 다듬는다
실컷 피를 빤 아침 하나가
냉담한 하느님과 광고를 믿지 않은
자들만 분리수거해 갔다

아침마다 뽀로로를 즐겨 보던
네 살배기 손주도 변했다
로봇으로 변신하는 자동차
또봇에 정신이 팔린 것은
우리가 관과 수의에 관심을 가질 때였다
나를 태울 장의차가 손주의 로봇으로 합체될 때

실컷 젖을 빤 아침이 와도 나는 깨지 않겠다

이제 어디에서나 이름이 빠진
내가 차례를 기다린다
내장과 비늘을 제거한 생선이
먼저 걸리는 생의 고랑대
몸만 남은 체면이 기도의 바짓가랑이 붙잡고
분노하고 절망하고 타협하고 그리고 순명하다가
무릎 꿇는 또봇의 새 아침
쩍 벌어진 애도의 쓰레기통이나 뒤져
악담 퍼부은 유작들만 분리수거되는 날이다

　　—「유작(遺作)으로 남다」 전문

　이 시에는 두 개의 아침이 제시되었다. "실컷 피를 빤 아침"과 "실컷 젖을 빤 아침"이다. 피를 빤 아침은 드라큘라가 연상되고 젖을 빤 아침은 유아와 어머니가 연상된다. 전자는 처참한 악몽의 아침으로, 후자는 편안한 포식의 아침으로 다가온다. 처참한 죽음의 아침이 와도 냉담한 하느님과 불신의 무리들만 수거해 가고 자신은 더 남겨 두면 좋겠다는 솔직한 심정을 표현했다. 삶에 미련이 남아서가 아니라 밤새 고치고 다듬어 완성해 가는 일생의 유작이 남아 있기 때문이다. 만일 자신의 죽음을 실어 갈 장의차가 온다면 아무리 편안한 아침이 와도 자신은 깨어나지 않고 죽음을 유보할 것이라고 말한다. 관과 수의에 대한 이야기가 늘어날수록 최후의 유작에 대한 집념은 더 확대된다. 네 살배기 손주가 변신 로봇 또봇에 정신이 팔린 것처럼 시인은 자신이 창조하는 최후의 작품에 몰입해 있다. 그것이 로봇처럼 자신의 변신을 담보해 주기 때문이다. 그는 최후의 절창을 통해 자기를 초월하는 변신의 꿈을 꾸는 것이다. 시인은 연속되는 불안한 나날 속에서도 창작의 의욕을 고취한다. 창작만이 죽음을 넘어서는 길이기에 그의 정신은 더욱 고양된 것이다.

죽음과 삶 사이를 왕래하며 번민과 슬픔과 자책의 심경을 펼쳐 내던 시인은 이제 비로소 "하심下心"에 대해 생각한다. 그것을 담은 시 「산행」은 우리에게 위안을 주고 안식을 준다.

아내가 앞서고

나는 뒤따라 오르다

무릎이 좋지 않은 아내는

연신 뒤돌아보며 조심해서 오라고 한다

아내에게 업힌 좁은 산길

하루 아침 중환자 된 나는

살아 있는 모든 것을 연민하며

마음 놓고 울 수 있는 곳을

눈여겨 살폈다

앙상한 나무를 마주칠 때는

고엽제 때문일 거라고

월남 참전을 원망하던 아내

영문도 모르고 뒤집어쓴

고엽제는 오늘만 벌써 두 번째다

정상이 가까워질수록

비탈에 선 나무 같은 노인네들

북망산을 하나씩 껴안고 오르고

나보다 오래 살 사람들만 모여드는

정상을 우리는 외면하고

내가 앞서며 하산의 지팡이가 되었다

하산에서 다시 하심下心까지는 내 몫이다

―「산행」 전문

무릎이 좋지 않은 아내가 남편을 위해 앞장을 서서 산을 오른다. 연신 뒤돌아보며 남편에게 조심하라고 당부한다. 아내가 어머니이고 시인은 어머니 등에 업힌 아이와 같다. 올라가는 길의 모든 것이 안쓰럽게 다가올 것이다. 시인은 울고 싶을 때 혼자 올라와 울 수 있을 곳이 있나 살펴보고 마음에 담아둔다. 정상에 가까워 오니 "비탈에 선 나무 같은 노인네들"이 많이 보인다. 저승에 갈 날이 얼마 남지 않은 것처럼 보이는 그들도 가만히 생각해 보면 "나보다 오래 살 사람들"이다. 여기서 시인의 슬픔과 연민은 더 커졌을 것이다. 옛날 송강 정철도 금강산 정상 등반을 포기하고 내려오면서 "오르지 못하거니 내려감이 괴이할까?"라고 읊었다. 시인도 정상을 앞두고 내려가는 길을 택했다. "하산의 지팡이"가 된 시인이 이제는 앞서 길을 잡았다. 마지막 결심처럼 시인은 단호한 시행 하나로 마무리를 지었다. "하산에서 다시 하심下心까지는 내 몫이다". 이제 마음을 내려놓고 아내를 인도하여 편안하게 마무리 지을 수 있는 곳으로 내려가려 한다. 아내가 그의 경외성서가 되고 그는 아내의 경외성서가 될 것이다.

이렇게 보면 생의 절정을 체험하는 것과 생의 절망을 체험하는 것이 다르지 않음을 알 수 있다. "길면 6개월이나 1년"이라는 시한부 선언을 들은 사람 중 이렇게 담백한 시를 쓸 수 있는 사람은 아주 드물다. 이런 시를 쓸 수 있는 사람은 생의 절망을 생의 절정으로 치환한 사람이라고 나는 생각한다. 이것은 김종철 시인이 생의 중반 이후 지속적으로 존재론적 탐구에 전념했기에 이룩된 정신의 경지다. 나는 예술 창조의 과정도 종교적 수행 못지않게 정신의 고양과 초월에 기여한다고 생각하는 사람이다. 위대한 예술가들은 생의 시련의 절정에서 진정한 예술을 창조하였다. 나는 그러한 위대한 정신의 소유자들이 나와는 다른 시간, 다른 장소에 거주하는 존재들인 줄 알았다. 그런데 김종철의 시를 통해 그런 존재가 얼마든지 내 곁에 있을 수 있음을 알게 되었다. 그런 경이로운 예술 정신과 더불어 술 먹고 떠들며 20년 이상의 세월을 같이 보낸 것이다. 그런 점에서 그는 나의 "경외성서"다.

3. 죽음과 삶의 역설

그의 병세가 어떤 상태에 이르렀을 때 쓴 시인지는 알 수 없으나 죽음과 삶을 달관하며 역설적으로 표현한 두 편의 시에 다른 시에서 볼 수 없는 죽음에 대한 독특한 해석이 담겨 있다. 이 작품이 특출한 것은 죽음과 관련된 그의 체험과 의식이 특별했기 때문이다. 이 두 편의 작품을 깊이 음미하며 한

국 현대시사에서 이 시편이 어떠한 자리에 놓일 수 있는지
모색해 보겠다.

퇴원이다
안녕 안녕
덕담하며 병원 문턱을 넘었다
몸 버리면 세상을 잃는다는
일상의 처방전
잘 있다. 괜찮다고 나는 사인했다

월요일 젖은 몸 말리고
급히 지퍼 올리다가 목에 걸린
뜨거운 국밥 한 그릇
생명은 한순간 뜨겁다
—「안녕」 전문

이 시의 구조를 면밀히 들여다보자. 첫 행 "퇴원이다"만
읽으면 다행스러운 축복의 말처럼 들린다. 그러나 그의 산문
「내가 진실로 사랑하는 것은」에 의하면 "죽으러 나가는 퇴원
도 있다는 걸 처음 알았다"의 사례에 해당하며, "죽기도 전에

이미 존재하지 않는 자신을 보는 일도 고통이었다"의 영역으로 나가는 것임을 알 수 있다. 서로들 "안녕 안녕" 인사를 건네고 덕담을 하며 병원 문턱을 넘지만, 그것은 쾌유의 길이 아니라 순명順命의 길이다. 조금이라도 몸을 잘못 관리하면 그것으로 세상과 작별한다는 "일상의 처방전"을 받고 집으로 온 곳이다.

　2연은 많은 상황이 생략되고 사건이 단절되고 함축되었다. 이 시행에는 몇 개의 다른 상황이 겹쳐져 있다. 월요일에 샤워를 하고 젖은 몸을 말리고 급히 지퍼를 올리다가 지퍼가 그만 목에 걸렸던 일, 뜨거운 국밥을 먹다가 목에 걸려 삼키지 못한 일, 그 두 일이 생명을 관장하는 목과 관련된 상황이어서 순간적으로 내 목숨이 얼마나 유지될까 하는 생각이 들었던 일 등 몇 가지 상황이 복합적으로 작용하여 네 개의 시행으로 구성된 것이다. 그러면 "생명은 한순간 뜨겁다"라는 마지막 시행의 의미는 무엇일까? 지퍼가 목에 걸려 아픔을 느낀 것, 뜨거운 국밥이 목에 걸려 넘기지 못한 것은 모두 살아 있음을 나타내는 몸의 징표들이다. 생명이 유지되기 때문에 그런 반응을 느낀 것이다. 국밥 한 그릇을 들며 음식의 뜨거움을 느끼는 순간은 살아 있음을 확인하는 순간이다. 그것은 기쁜 일이다. 그러나 그것은 한순간이다. 그 시간이 지나면 어느 사이에 감각을 잃어버리는 그런 슬픈 시간이 올지 모른다. 그래서 국밥 한 그릇을 먹으며 뜨거움을 느끼는 그 순간이 눈물겹도록 기쁘다고 한 것이다. 목에 지퍼가 걸려 잘못되었음을 알고 내렸다 다시 올리는 순간 역시 살아 있음을 느끼게 하는 시간이다. 그것은 기쁘고 눈물겹다. 우리가 삶과 죽음의 경계에 놓여 있을 때 삶의 작은 순간들을 더 기쁘게 받아들일 수 있는 것인지 모른다.

매일 아침
기도가 머리에서 한 움큼씩 빠졌다
마른 장작처럼 서서히 굳어 가는 몸
한 방울씩 스며든 항암 주사액에
생의 마지막 잎새까지 말라 버렸다.

내 명줄을 쥐고 있는
아내의 하느님만
오츠보, 시이나, 야마다를 불러 주셨다
이쯤에서 함께 걷는 인연을 주었고
기적은 사마리아인의 것만이 아니었다.
신을 모르는 일본 의사들이

빛으로 나의 죽음을 태워 주었다.

그래 그렇구나, 막상 생의 시간 벌고 나니
청명에 죽느냐, 한식에 죽느냐구나
나는 기도한다.
나를 살려 준 저들을 용서해 주소서!
—「나는 기도한다」 전문

이 시에도 많은 내용이 함축되어 있다. "매일 아침 / 기도
가 머리에서 한 움큼씩 빠졌다"라는 말은 매일 기도를 드리
는데도 머리에서 머리털이 한 움큼씩 빠졌다는 뜻일 것이다.
흉한 내용을 시인은 점잖게 돌려서 표현했다. 머리가 빠지
고 몸이 여위어 가는 것이 항암 치료 과정에 나타나는 현상이
다. 그의 아내가 백방으로 수소문하여 일본의 병원으로 와 몇
명의 의사들을 만났고 그들의 최신 요법에 의해 "빛으로 나
의 죽음을 태워 주"는 치료를 받았다. 그러나 그 치료가 완치
를 보장해 주는 것은 아니다. "청명에 죽느냐, 한식에 죽느냐
구나"라는 시행은 자신의 죽음을 아무렇지 않은 것처럼 말해
서 마음을 오히려 아프게 한다. 그는 자신의 죽음에 거리를 두
고 감정을 배제한 현상으로 죽음을 서술하고 있다. 앞에서도

언급한 대단한 정신의 저력을 다시 확인하게 되는 장면이다. 그가 일본에서 치료를 받은 기간은 2013년 가을에서 겨울에 이르는 몇 달 동안이다. 그는 치료를 받고 이듬해 봄의 청명이나 한식 정도로 생명이 연장되었다고 생각한 것이다.

앞의 시에서 "생명은 한순간 뜨겁다"에 많은 의미가 함축되어 있었던 것처럼 여기서도 마지막 시행 "나를 살려 준 저들을 용서해 주소서!"에 많은 의미가 담겨 있다. 그리고 이 시행은 그의 존재론적 탐구의 중요한 단서가 된다. 이 시행에 담긴 생각을 유추하면 대체로 이런 내용이 될 것이다. 전생으로부터 죄를 많이 지어 병이 든 것인데, 이 죄 많은 육신을 살려냈으니 그들은 순리를 거역한 죄를 지은 것이다. 그러니 그들을 용서해 달라는 기도를 올렸다. 참으로 복잡한 생각이다. 여기에는 삶과 득죄와 속죄와 죽음에 관련된 복잡한 종교적 문제가 얽혀 있다. 시인 김종삼은 "하늘나라에선 / 자라나면 죄 짓는다고 / 자라나기 전에 데려간다 하느니라"(「음악」)라고 노래했다. 김종철 시인은 자신을 살려 낸 사람들을 용서해 달라는 기도를 올렸다. 참으로 복잡하고 미묘한 의식의 변화다.

나는 이 시편들이 인간의 삶과 죽음을 둘러싼 존재론적 층위에 매우 독특한 해석을 투입했다고 생각한다. 이것은 그의 투병 과정이 독특했기에 이루어진 것이다. 물론 이런 투병 과정을 거친다고 누구나 이런 시를 쓸 수 있는 것은 아니다. 앞에서도 거듭 말했지만 그의 연속적인 존재 탐구 과정과 시 창작의 특별한 재능과 독특한 투병 과정이 결합되어 이런 시가 창조된 것이다. 요컨대 투병과 죽음 의식이 그의 존재 탐구에 새로운 경지를 열어 준 것은 사실이다.

이와 함께 일본에서 쓴 다음 시도 정독을 요한다.

지바 현 지바 시 이나게 구 아나가와
낯선 다다미방에 누운
마른 풀잎의 빗소리를 듣는다

천 잎[千葉]으로 갈라진
전생 따라
죽지 않을 자는 죽게 하고
진즉 죽어야 할 자는 죽지 않게 한
폭우에 납작 엎드린 소방서 옆
일본 국립방사선의학총합연구소
그래서 오늘 나는 죽어서 왔다

여러 겹 포개진 꽃대의 천 잎,

탄소이온의 천 잎,

앞면은 너희 삶

뒷면은 낯선 죽음

구급차보다 느린 빗소리를

읽고 나를 쓴다

천 번 쓰러지고 천 번 일어난

지바의 명자命者로, 살아가는 자로!

    —「지바[千葉]의 첫 밤」 전문

    일본의 항암 치료소가 일본 동쪽 지바 현 지바 시 아나가
와에 있었다. 시인은 낯선 다다미방에 누워 마른 풀잎의 빗
소리를 듣고 있다. '지바'의 어원은 따로 있지만, 한자 표기로
는 '千葉'으로 되어 있어 천 개의 이파리라는 뜻을 담고 있다.
시인은 여기에 착안하여 천 개의 잎처럼 갈라진 무수한 전생
의 인연에 대해 생각한다. 알 수 없는 인연의 갈피에 의해 그
는 병들었고 병을 고치기 위해 어떤 인연에 이끌려 일본의
지바시까지 온 것이다. 이곳을 방문했던 많은 사람들의 생사
가 결정되었던 것처럼 그의 생사도 여기서 결판날 것이다.
"죽지 않을 자는 죽게 하고 / 진즉 죽어야 할 자는 죽지 않게

한"이라는 구절은 앞의 「나는 기도한다」에 나왔던 삶과 득죄와 죽음과 속죄의 문제를 떠올리게 한다. 죄를 짓는 것과 목숨을 유지하는 것은 별개의 문제라는 생각이 구체화된 것이다. 죽음과 삶이 득죄와 속죄와는 무관한 것이니 자신의 운명도 어떻게 될지 알 수 없다.

"오늘 나는 죽어서 왔다"라는 구절도 역설적이다. 시한부 판정을 받았기에 마지막 시도로 이곳에 왔으니 여기 온 것은 죽어서 온 것이라고 할 수 있다. 비는 퍼붓고 풀잎은 소리 나고 시인은 잠이 오지 않는다. 삶과 죽음이 빗방울 떨어지는 잎의 앞면과 뒷면으로 나뉘는 것이 아닌가 하는 생각이 든다. 앞면에 떨어지면 사는 것이요 뒷면에 떨어지면 죽는 것인가. 빗소리를 들으며 시인은 자신의 몸에 대해 명상하고 떠오르는 생각을 시로 적는다. 그 시는 나의 시이니 나를 쓴 것이라 할 수 있다. 나 죽은 뒤 나로 살아갈 놈들이 바로 자신의 시라고 했다. 지바의 한자 표기의 뜻을 연상하여 자신의 목숨도 알 수 없는 과거로부터 천 번 쓰러지고 천 번 일어나 지금 존재하는 것일지 모른다고 생각한다. 존재자의 생명과 그 존속 방법은 사람이 알 수 없는 신비로움을 갖고 있다. 어떻게 될지 모르나 천 개의 잎이라는 한자 뜻의 의미를 살려 자신도 천 번 일어나는 자가 되었으면 좋겠다는 희망적

소견을 드러내 본다.

명자命者라는 말은 흔히 쓰지 않는 말이다. 불교에서는 '생명 가진 자'라는 뜻으로 쓰고 한자어에서는 '명령을 받은 자'라는 뜻으로도 쓰인다. 이 둘을 결합하면 '살도록 명령받은 자'라는 뜻으로 해석할 수 있다. 그래서 "살아가는 자"라는 말이 선택되었을 것이다. 그는 지바의 첫날 밤 빗소리를 들으며 살아가는 자로 거듭났으면 좋겠다는 소망을 은밀히 표현한 것이다. 그 소망은 생명 가진 자가 과거로부터 천 번 쓰러지고 천 번 일어난다는 뜻을 확인한 다음에 발성되었다. 존재의 끊임없는 소멸과 생성의 반복 속에서 생성의 자리에 머물고 싶다는 기대를 쏟아지는 빗줄기 속에 불면의 밤에 품어본 것이다. 그의 솔직한 마음이 읽는 이의 마음을 아프게 한다. 이 항목에서 검토한 세 편의 작품은 다른 시에서 볼 수 없는 독특한 체험을 표현했다는 점에서 현대시사에 특별하게 기록될 만하다.

4. 죽음의 형이상학

김종철 시인은 존재 탐구의 시를 쓰면서 죽음을 주제로 한 많은 작품을 이미 선보인 바 있다. 시인은 고도의 직관으로

자신의 죽음을 예비하고 죽음에 대한 명명을 완수하는 존재
인지 모른다. 앞에서 상세히 분석한 많은 작품들이 죽음에
대한 상징적 표상을 다양한 모습으로 드러냈다. 그런 가운
데 그가 유작으로 남긴 다음 작품을 보면, 그의 시작 반세기
가 대단한 정신의 저력으로 이어진 것이며, 그 정신의 힘이
죽음의 억센 악력 속에서도 굴하지 않고 시의 광휘로 당당히
퍼져 나간 것임을 분명히 확인하게 된다.

몸과 마음을 버려야만 비로소 머물 수 있는 곳
아내의 따뜻한 손에 이끌려
용인 천주교공원묘지와 시안에도 들렀다
내 생의 마지막 투병하는데
절두산 부활의 집을 계약했다고 한다
신혼 초 살림 장만하듯 아내와 반겼다

절두산은 성지순례로 가족과 들렀던 곳
낮은 나에게도 지상의 집을 사랑으로 주셨다
머리가 없는
목 잘린 순교의 산
오, 나도 드디어 못 하나를 얻었다

무두정無頭釘

부활의 집 지하 3층에서

망자와 함께 이제사 천상의 집 지으리라

— 2014년 6월 22일 오후 7시 22분 연세 암병동에서

—「절두산 부활의 집」전문

그는 「등신불—등신불 시편 1」에서 자신의 몸에 떠돌이
가 들어와 평생을 살다 간다고 했다. 그러한 독특한 존재 인
식을 갖고 있지 않았다면 위와 같은 시가 나오지 않았을 것
이다. 진실로 몸과 마음을 버려야 나올 수 있는 시다. 이전의
배경이 없이 우연히 솟아나는 시는 어디에도 없다. 각고면려
刻苦勉勵의 시간 속에 오랜 존재 탐구의 내력이 있어야 위와 같
은 마음 비움의 시가 탄생할 수 있다. 그런 의미에서 김종철
은 시를 지은 시인이 아니라 시를 실천한 시인이다. 애월로
떠나는 마지막 뱃고동이 울릴 때 이런 시를 읊조릴 수 있는
사람은 참으로 복되도다.

유택을 장만하기 위해 여러 곳을 다닌 과정을 앞에서 짧게
요약했다. "용인 천주교공원묘지와 시안에도 들렀다"고 했
다. 이런 일상의 방문 기록이 시가 되고 단순한 묘원의 이름
이 시어로 등장하는 기적이 실현된 것도 김종철 시인이 견지

해 온 존재 탐구의 이력 때문이다. 그 과정이 없었다면 일상
의 행적이 시가 되지 못했을 것이다. 그러므로 존재 탐구로
일관한 시인의 창작 이력은 참으로 복된 것이다.

가족들은 조선조 말 천주교 신자들이 순교한 절두산 성지
묘원을 택했다. 그 묘원의 이름은 '절두산 부활의 집'이다. 머
리를 잘리고 부활에 이르러 새로운 삶을 얻는다면 이보다 아
름다운 일은 없을 것이다. 뜻이 좋은 그곳을 자신의 안식처
로 삼아 기쁘다고 했다. 절두산 부활의 집, 작은 유택을 "신
혼 초 살림 장만하듯 아내와 반겼다"고 한 점이 각별하다. 많
은 사람들이 이 구절에 눈물 흘리고 가슴 아파했다. 세상을
떠나는 마당에 신혼 초의 살림집을 떠올리다니. 갓 결혼한
기분으로 평생 아내를 사랑한 시인의 마음이 손끝에 만져지
는 듯하다. 신혼에 새집을 마련하듯 새로운 집에 들 마음의
준비를 한 것이다. 시인과 아내가 서로를 자신의 십자가로
섬기는 장면이 눈에 그려지는 듯하다.

순교와는 거리가 먼 자신에게 이 성지를 허락한 것은 주님
의 은총 덕분이라고 생각한다. "목 잘린 순교의 산"에 자신도
방을 하나 얻었으니 자신도 목 잘린 못, 무두정無頭釘이 될 수
있는 것인가. 그는 『못의 사회학』(2013)에 실린 「무두정無頭釘에
대하여」에서 "박힌 몸이 돌출되지 않고 묻히므로 / 크게 거슬

리지 않는다 / 아무도 개의치 않는다 / 그날 그렇게 목 잘려 순교했다"라고 노래했다. 마치 자신의 앞날을 예언한 듯한 시다. 「모기 순례—못의 사회학 11」에서는 바오로가 목 잘려 순교한 성지에서 진정한 신앙인의 자세가 무엇인가를 반성하기도 했다. 그런데 그가 목 잘린 순교의 산에 못 하나를 얻어 비로소 깃들게 되었으니 참으로 복되고 복된 일이다.

「무두정에 대하여」는 예루살렘의 '통곡의 벽'을 보고 쓴 것이다. 예수 탄생 이전 예루살렘을 점령한 로마 지배 세력은 솔로몬 왕이 건립한 거대한 유대 성전을 완전히 파괴하고 성벽 하나만 남겨 놓았다. 유대인들이 그 성벽에 기대어 과거의 영광을 생각하고 슬피 울었기에 '통곡의 벽'이란 이름이 붙었다. 예수를 인정하지 않고 배반한 유대인이기에 죽어서도 머리가 없는 무두정 꼴이 된 것 아니냐고 시인은 혼자 생각했다. '통곡의 벽' 이야기를 언급하기 전에 의로운 믿음을 가지고 목이 잘려 순교하는 것은 같은 무두정이어도 차원이 다르다고 앞에서 말했다. 무두정의 긍정적 의미와 부정적 의미를 제시하고 진정한 무두정의 모습이 어떠해야 하는지 자문한 것이다. 그때는 병도, 죽음도 생각하지 않았던 건강한 시절이었다. 여행자로 성지 순례에 올라 '통곡의 벽'을 보고 목 잘린 순교의 형상을 무두정으로 표현했을 뿐이다.

시인은 예언자라 했으니 그는 앞날을 내다본 것일까? 그는 자신이 사색한 긍정의 무두정 이름으로 집 하나를 얻었다. 참으로 복된 일이다. '절두산'과 '무두정'은 뜻이 통한다. 절두산 성지에 자리를 얻어 부활의 집에 들어가니 망자들과 함께 "천상의 집 지으리라"고 소망했다. 이 말은 자신에게 하는 말이 아니라 지상에 남는 사람들에게 하는 위안의 말이다. 망자건 아니건 상관없이 모든 존재자들이 천상의 집을 짓게 되기를 소망한 것이다. 그는 마지막 작품에서도 사람들에 대한 사랑을 놓지 않았다. 이렇게 그는 자신의 애월로 갔다. 그가 평생 추구한 경건한 아름다움의 세계로 갔다. 그의 따뜻한 마음이 비쳐 그의 집이 있는 절두산 아래 달이 환하게 떠 있다.

작은딸에게 편집 작업을 맡긴 이 시집의 서문에 어려운 구절이 있다. "혹시 시간 지나 책이 나오면 용서 바란다. // 그리고 잊어 주길 바란다."가 그것이다. 자신이 죽은 다음 자기 대신 살아갈 놈들이라고 스스로 말했던 작품들을 딸에게 맡기며 용서와 망각을 주문하다니 이 말은 무슨 뜻인가. 나는 이 말 속에 시인의 겸허가 있고 죽음을 앞둔 존재자의 형이 상학이 있다고 생각한다. 세상을 떠나며 기억과 이해를 바라는 사람은 세상의 헛됨을 모르는 사람이다. 무엇을 기억하고 무슨 이해를 바란단 말인가. 구약 『전도서』에 수없이 반복되는 말이 "헛되고 헛되도다"라는 말이다. 세상의 헛됨을 제대로 아는 사람은 주님의 복음을 진정으로 영접하는 사람이다.

김종철 시인은 용서와 망각을 통해 진정한 사랑과 공감을 기원한 것이다. 사람이 세상을 떠나면 그의 육체는 사라지고 그가 남긴 작품도 망각의 늪으로 가라앉지만 목 잘린 못의 표상은 주님의 복음과 함께 영원히 이어진다. 세상의 헛됨을 넘어서는 진실은 영원히 지속되는 것이다. 김종철이라는 사회적 존재는 망각되지만 그가 남긴 시가 진리 가까이 다가갔다면 세상의 헛됨을 넘어서는 영원의 달로 그 빛을 유지하게 된다. 이 성서적 진실을 결코 잊으면 안 될 것이다.

• 1947년 2월 18일(음력) 부산시 서구 초장동 3가 75번지에서, 김해 김씨 김재덕金載德과 경주 최씨 최이쁜崔入粉 사이 3남 1녀 중 막내로 출생.

• 1960년 부산 대신중학교 입학.

• 1963년 부산 배정고등학교에 문예 장학생으로 입학.

• 1968년 『한국일보』 신춘문예에 시 「재봉」 당선. 시인 박정만과 함께 박봉우, 황명, 강인섭, 이근배, 신세훈, 김원호, 이탄, 이가림, 권오 운, 윤상규 등이 참여한 '신춘시' 동인에 참여. 김재홍과 교우 시작. 3월 미당 서정주가 김동리에게 적극 추천하여 문예 장학 특대생으 로 서라벌예술대학 입학.

- 1970년 『서울신문』 신춘문예에 시 「바다 변주곡」 당선. 3월 입영 통지서를 받고 논산 훈련소로 입대함.

- 1971년 베트남전에 자원해 참전. 백마부대 일원으로 깜라인 만과 냐짱에 배치받음.

- 1975년 1월 진주 강씨 강봉자姜奉子와 결혼. 첫 시집 『서울의 유서』 (한림출판사) 상재. 첫딸 은경 태어남. 이탄, 박제천, 강우식, 이영걸, 김원호 등과 '손과 손가락' 동인 결성.

- 1977년 둘째 딸 시내 태어남.

- 1984년 두 번째 시집 『오이도』(문학세계사) 상재. 동인 '손과 손가락' 을 '시정신詩精神'으로 개명함. 정진규, 이건청, 민용태, 홍신선, 김여정, 윤석산이 새로 참여함.

- 1989년 7월 김주영, 김원일, 이근배 등과 함께 국내 문인 최초로 백두산 기행. 12월 어머니 별세.

- 1990년 세 번째 시집 『오늘이 그날이다』(청하) 상재. 제6회 윤동주문학상 본상 수상.

- 1991년 11월 도서출판 문학수첩 창사.

- 1992년 네 번째 시집『못에 관한 명상』(시와시학) 상재. 제4회 남명문학상 본상 수상.

- 1993년 제3회 편운문학상 본상 수상.

- 1997년부터 1998년까지 평택대학교 출강.

- 1999년 이탈리아 시에나 대학교의 문고 시리즈로 영문시집 *The Floating Island* (Edition Peperkorn) 출간.

- 2000년 중앙대학교 예술대학에서 제3회 자랑스러운 문창인상 수여.

- 2001년 다섯 번째 시집『등신불 시편』(문학수첩) 상재. 제13회 정지용문학상 수상.

- 2002년부터 2004년까지 모교인 중앙대학교 문예창작과 겸임 교수 역임.

- 2003년 봄 종합 문예 계간지『문학수첩』창간. 김재홍, 장경렬, 김종회, 최혜실이 초대 편집위원을 맡고, 권성우, 박혜영, 방민호, 유성호가 2대, 김신정, 서영인, 유성호, 정혜경이 3대, 고봉준, 이경재, 조연정, 허병식이 4대 편집위원을 맡음. 2009년 겨울호(통권 28호)로 휴간함.

- 2004년부터 2006년까지 경희대학교 일반대학원에서 겸임 교수 역임.

- 2005년 형 김종해와 함께 형제 시인 시집 『어머니, 우리 어머니』(문학수첩) 상재. 7월 평양에서 열린 남북작가회의에 부의장 자격으로 참석.

- 2009년 여섯 번째 시집 『못의 귀향』(시와시학) 상재. 제12회 한국가톨릭문학상 수상. 시선집 『못과 삶과 꿈』(시월)을 활판 인쇄 특장본으로 상재함.

- 2011년 봄 시전문 계간지 『시인수첩』 창간호 발간. 『문학수첩』을 이어 통권 29호로 발간. 장경렬, 구모룡, 허혜정이 초대 편집위원, 김병호가 편집장을 맡음. 2대 편집위원은 구모룡, 김병호, 문혜원, 최현식이 맡음. 한국가톨릭문인회 회장으로 추대됨. 국제펜클럽 한국본부 이사로 선인됨.

- 2012년 한국작가회의 자문위원, 한국시인협회 심의위원장 역임.

- 2013년 일곱 번째 시집 『못의 사회학』(문학수첩) 상재. 한국가톨릭문인회 창립 이후 50년 만에 첫 무크지 『한국가톨릭문학』 발간. 7월 「한국대표 명시선 100」의 하나로 『못 박는 사람』(시인생각) 상재. 제8회 박두진문학상 수상.

- 2014년 한국시인협회 회장으로 추대됨. 한국저작권협회 이사 역임. 제12회 영랑시문학상 수상.

- 2014년 7월 5일 암 투병 끝에 67세를 일기로 세상을 떠남.

- 2014년 10월 유고 시집『절두산 부활의 집』(문학세계사) 상재.

- 2016년 7월 2주기를 기려『김종철 시전집』(문학수첩) 상재.

김종철 시인의 작품 세계 03

못을 통한 존재 탐구의 긴 여정

초판 1쇄 인쇄 2022년 6월 22일
초판 1쇄 발행 2022년 7월 04일

지은이 | 이승원
발행인 | 강봉자, 김은경

펴낸곳 | (주)문학수첩
주소 | 경기도 파주시 회동길 503-1(문발동 633-4) 출판문화단지
전화 | 031-955-9088(마케팅부), 9530(편집부)
팩스 | 031-955-9066
등록 | 1991년 11월 27일 제16-482호

홈페이지 | www.moonhak.co.kr
블로그 | blog.naver.com/moonhak91
이메일 | moonhak@moonhak.co.kr

ISBN 978-89-8392-979-2 03810